ことぱの観察

向坂くじら

NHK出版

装幀：鈴木千佳子
校正：牟田都子
組版：NOAH
編集：白川貴浩

まえがき

この本は、二〇二三年の十月から二〇二四年の八月までのあいだ、ウェブマガジン「本がひらく」で書いていたエッセイをまとめたものです。自由な連載でしたが、ひとつだけルールがありました。それは、「毎回ひとつの言葉を定義すること」。

では、当の「定義」とはなんでしょう。

試しにやってみましょう。いろいろなやり方があると思います。哲学者のやり方と、辞書の編纂者《へんさんしゃ》のやり方と、数学者のやり方とでは、きっとそれぞれ違うでしょう。わたしはと言えば、詩人です。それで……というわけでもないのですが、わたしの場合は、まず「日常生活の中でどんなふうにその言葉が使われているか」から出発することにしました。「定義」についてわたしたちが話すのは、だいたいコミュニケーションがうまくいかなくなっているときでしょうね。それなら、こういうのはどうでしょうか。

定義：コミュニケーションをつつがなくとるために必要なもの。

ぱっと見たところよさそうですが、これはあまりいい定義ではありません。「定義」というものの特徴のひとつを述べたにすぎないからです。これを定義としてしまうと、

りんご：赤いもの

もありえることになってしまって、いちごもポストもりんごになってしまいます。もとの例で言うと、相槌《あいづち》やほほえみも「定義」に入ることになり、これは完全に意味が破綻《はたん》しています。言葉には大きなものを指す言葉と小さなものを指す言葉とがあり、そのサイズをなるべく合わせたいのです。

そして定義と言うからには、その中にもとの言葉とイコールでむすべる場所が必要です。この定義で言うと「もの」がそれにあたりますが、やや覚束《おぼつか》ない気がします。元の語が名詞であれば名詞が、元の語が動詞であれば動詞がおしまいにほしいところです。それを詳しく説明する部分を付け加えれば、なんとか定義らしい形になりそうです。詩人であると同時に国語教室の代表もしているので、こういうことをつい考えます。

形だけであらわすと、こういう感じになるでしょうか。

A：Bの特徴を持ったC

Aには定義される言葉、CにはAを含むAよりも広い意味を持つ言葉、BにはCの中でAを特徴づける要素が入ります。

りんご：丸くて甘いバラ科の木の果実

これならよさそうです。「赤い」が消えたのは、単に青りんごや黄りんごもあると気づいたからです。「りんご」でないものを入れてしまわないのと同様に、「りんご」であるものを除いてしまわないことも大事です。

というわけで、「定義」を定義してみます。

定義：コミュニケーションをとるときにさしあたっておこなう、ある言葉が指す意味の範囲の仮定。

しかしさて、このようなことが言えたからといって、わたしたちは本当に言葉をやりとりできるものでしょうか。そしてそれ以前に、これで十分に「定義」について言い切れたと言えるでしょうか。

「定義」をしているあいだ、ずっとそういう疑問が頭の中にありました。この本は、わたしの定義をめぐる試行錯誤の記録であり、言葉を追いかけては言葉に逃げられつづける、片思いのラブレターのようなものでもあります。

さて、お誘いです。わたしが定義を試みたうちのいくつかの言葉について、ぜひはじめに定義を考えてみてください。できないと思われるかもしれませんが、大丈夫。わたしの教室では小学生でもやっていることです。哲学者のようにはできなくても、詩人のようにならできるはず。詩人の仕事というのはつまり、あらゆることに対して、たとえよくよく勉強したことに対してであっても、素人《しろうと》のようにぼんやりしたり、びっくりしたりすることだからです。さあ、ペンを出して（借りた本ならコピーしてくださいね！）。

友だち

遊び

敬意

やさしさ

忘れる

ときめき

愛する

さびしさ

わかる

さて、できましたか。どうでしたか。

定義をしつづけた一年近く、なによりも思ったことは、みんなの定義をもっと聞いてみたいということでした。定義がコミュニケーションをとるための仮定であるとするのなら、わたしだけが定義をしても足りない。それをほかの人の定義と照らしあわせてはじめて、言葉というものの、ひいてはその言葉の名指そうとしている事象というものの輪郭《りんかく》が、少なくともわたしたちのあいだには浮かび上がってくるような気がするのです。

なによりも、ふだんは見過ごしている言葉のところでわざわざ立ち止まるって、ちょっと楽しくないですか？　旅をするのもよいものですが、毎日歩く道で知らないものを見つけるのもおもしろいみたいに。そうして思うこと。

わたしたちが言葉によってコミュニケーションをとろうとする相手は、本当にわたしたちどうしだけでしょうか？

ということで、最後にもう一度、いくらか個人的に。

定義：自分の見ているものを言葉でもって確かめ、そのあとに事象と照らしあわせることで、世界とコミュニケーションをとろうとする試み。

「ことぱの観察」はじまります。

目次

友だち

「いろんな言葉を定義していく、みたいなのはどうでしょう」

編集者さんとの打ち合わせでエッセイのテーマをそう提案してもらって、真っ先に思い浮かんだのは、友だちとの会話によく出てくるひとことだった。たとえば、わたしが愚痴を聞いてもらっているとき。

「もうほんとに最悪。終わりです」

「ブチギレやんか」

「ブチギレとかではないのよ」

「ブチギレてはいるでしょ」

「そういうんじゃないのよ」

「んー。語義やね」

この「語義やね」というのが、わたしと友だちのあいだでは定番化しているセリフ、というか会話の落としどころで、話していてどうもやりとりが立ちゆかなくなったときに使う。この場合は、わたしはあくまでまだ「ブチギレ」てはいないと思っているものの、友だちからはとてもそうは見えないらしい。そこに齟齬《そご》が生まれる。

この齟齬の解釈として、まず「友だちによる見立てが誤っている」という可能性がある。友だちはあくまで他者であって、わたしの感情を推しはかることには限界があり、「ブチギレ」ではないものを「ブチギレ」と誤認している、という考え。次に、「わたし自身の見立てが誤っている」こともありえるだろう。さっきはああ言ったが、とはいえ当の本人がいちばん自分の感情に気がついていないなんてことはよくあるもの。ましてわたしは「ブチギレ」ているらしいのだから、自分がどういう状態にあるのか冷静には判別できていないかもしれない。そう思うと、「友だちのほうがわたしの感情を正確に見抜いている」と言うこともできそうだ。

そして、そのどちらでもない第三の解釈として、「わたしたちはそれぞれ異なる事象を指して『ブチギレ』と呼んでいる」というのがある。そして、いまのところ、つまり「語義やね」と言うときには、それを採用している。仮に、「ブチギレ」と「キレ」と「まったくの平常心」とのあいだになんらか線引きがあるとして、その線を引くポイントが互いに違うのだろう、ということだ。事象を見る目線による齟齬であるというよりむしろ、言葉を見る目線による齟齬である、とでも言おうか。そうなってしまうともう、これ以上わたしが「ブチギレ」ているかどうかを話しあってもしかたない。わたしが「その状態」にあることはなんと呼ぼうと変わらない以上、それが「ブチギレ」であるか「キレ」であるかを互いに話しあうことに、そこまでの値打ちを感じない。

なお、このときの愚痴は別の友だちについてで、わたしはこのあとその人と大げんかして二年ほど絶縁した。確かに、「ブチギレ」ていたのかもしれない。けれどそののち、わたしから謝って仲直りした。これはわたしにはめずらしいことで、やっぱり、「ブチギレ」とは質の違うものだったのかもしれない。ほら、ばかばかしくなってきたことだろう。どっちでもいいわ、と思うだろう。

「どんな意味でその言葉を使っているか」を語ろうとすると、たいてい会話は袋小路《ふくろこうじ》に入ってしまう。ふしぎなもので、ばかばかしいと思っていながら、なぜかけんか腰になることもある。だから、「語義やね」と言っていったん検討にカタをつけることで、わたしと友だちとは会話を先に進める。お互い、細かな理屈のズレが気になるタチだとわかっているから、なおさら。

そんなふうにして、たくさんの言葉を、本当は見過ごしながら暮らしている。わかったような顔をして、実際のところそこまでの不自由もなく、なんとなく暮らせてしまっている。けれどもこのエッセイでは、あえてその尻尾をつかまえて定義をしてやろうというのだ。果たしてそんなこと、できるのだろうか。

ところで、ふたりいるＬＩＮＥスタンプが送れない。

なんのことだかわかるだろうか。スタンプ自体は、わたしもよく使う。たいていは絵で、ベーシックなのはなにかキャラクターがうれしい顔をしたり悲しい顔をしたり、とにかくなんらかの感情を明らかにしている。それを相手に送ることで、送り手である自分もまたそれに近い感情であることを示すのである。また動作が描かれているのもあって、今度はキャラクターが踊っていたり走っていたりする。それが案外便利で、送るタイミングによって状況に合わせた意味になるからおもしろい。

その中に、ふたり描かれているものがある。キャラクターどうしがハイタッチをしていたり、殴《なぐ》りあいをしていたりする。これがちょっと苦手である。そういう、ふたりが対等でおよそ同じ動作をしているものならまだいいが、片方が殴っていて片方が殴られている、片方が怒っていて片方が怒られている、というような、立場の異なるふたりが出てくるものはいっそう送りづらい。まず、どちらに感情移入すればよいのかわからない。もしもこちらのイメージの中ではどちらがわたしでどちらが相手か決まっていたとしても、それを誤解されそうなのも怖い。そしてなにより、わたしの一方的な発信によって、相手のリアクションまでも規定してしまうことが怖い。

仮に怒りの気持ちを相手に向かって表明するとして、本来相手はそれに対して自由にリアクションすることができるはずだ。反省することもできるし、無視することもできるし、逆ギレすることもできる。もっと高度なところでいけば、「反省しているような顔をしてちょっと当てこすりを言う」とか、「反抗的な態度をとっているけれどもかわいげを見せる」だとか、そんなこともできる。けれども「片方が怒っていて片方が怒られている」スタンプを送るとき、そこにはすでに相手とおぼしきキャラクターが写っていて、わたしとおぼしきキャラクターに向かってぺこぺこと頭を下げている。それは、あまりに送る側の勝手ではなかろうか。

同様に、ハグやらキッスやらのスタンプも、どうしても送れない。一見、怒る／怒られるとは違って対等な関係ふうだけれど、しかしそんな繊細な接触を、こちらから勝手に成立したものとして送るわけにはいかない、と思えてならない。知人はおろか、結婚してもう三年になるけれど、夫にすら送れない。キッスの気持ちになったときには、投げキッスのスタンプですませる。投げキッスであれば一応はわたしひとりの行為にとどまっていて、それを受け取るかどうかというところでは夫の自由がまだ残されているように思えるからである。

そしてそれと同様に、「友だち」という言葉がうまく使えない。

「わたし、あなたと友だちになりたいと思っているんだよねえ」

前述した「語義」の友だちにわたしがそう言ったとき、友だちは腰を抜かしたらしい。

「ちょっと待って、一応確認なんだけど、いまはなんだと思ってる？」

「なんか仲いい、知ってる人」

「マジかあ～」

　少し申し開きをさせてもらいたい。「友だち」という言葉、使うのに、ハードルが高すぎやしないか。まず、ふたりの関係を指す言葉でありながら、多くはなんの約束もなく発せられる。誰かのことを勝手に「恋人」と言うことはないし、もしそういう人がいたとしたら、ちょっと距離を置かれることだろう。その点で、わたしにとっては「恋人」のほうがまだ気やすい。かつそれでいて、「あの人は友だちではない」という線引きもまた確かに存在するように思える。「あの人は知りあいだよ」と言って否定されることはほとんどないと思うけれど、「あの人は友だちだよ」はまだ、否定される可能性を持ってはいないか。わたしだって、まったく親しみを持っていない人から「友だち」と呼ばれたら、一瞬、固まるだろう。その塩梅《あんばい》が怖い。もともと人との距離感を失敗しやすいわたしであるから、つい警戒したくなる。

　それで誰かの話をするときには、なんとなく「大学の先輩」とか「詩関係の人」とか、ある程度は客観的な事実であると言い張れそうな表現でごまかしてしまう。そう思うと、「友だち」は事実ではない。たかだか期待、悪ければ思い込みのたぐい。わたしのほうが「友だち」と思っているだけなのに、そう呼んだとたん、相手を勝手にその枠に押し込めることになりそうなのが気に入らない。ちょうど、ふたりいるLINEスタンプのように、気に入らないのだ。

しかし前述の友だちとは、大学を卒業して何年も経つのにだらだらとつるんでいて、もういい加減ほかの呼び方がしっくりこなくなってきてしまった。そろそろいいか、ということで、「友だち」と呼ぶ許可を取ろうと思ったのだった。わたしなりの、「友だち」と呼ぶことに対する誠意だった。

友だちはしばらく、わたしになにを言うか考えていた。

「君、じゃあ、君の言う友だちはなんなのよ」

「あんたくらい仲良かったら、まあ、友だちじゃだめかね」

「だめっつうか、いや、ズレとるよねえ」

「なにがよ」

「多くの人は、もっと全然仲良くないくらいで、友だちって言うんじゃないかね」

「だからすごいなと思うよねえ。みんな早くに仲良くなれるなあと思って」

「いや違うんだよな、語義なんだよな」

また「語義」である。聞けば、わたしが「友だち」と呼ぼうと思う基準は、平均よりずいぶん遠くにあるらしい。そのときのわたしと友だちは、知りあって五年経っていた。それはわたしのジャッジが厳しいというよりは、思い切って「友だち」と呼んでみるか、と重い腰を上げるまでのためらいの距離なのだが、しかし結果ひどく「ズレている」という。語義がズレている、語と語の線引きがズレている。

「じゃあ、ふつう、このぐらいの仲のよさだとなんて呼ぶの」

「親友？」

「げえっ、ちょっとやめてよ」

のけぞるわたし。「友だち」程度でびびっている者にとっては「親友」などほとんど淫語《いんご》なのであって、いま文字で書いていても恥ずかしい。「なんなん君。もういいよ友だちで。べつになんでもいいよ」と、あきれっぱなしの友だち。このようにして半《なか》ば無理やり、その人のことを「友だち」と名指す権利を手に入れ、こうして冒頭から堂々と書いているわけだ。ちなみに、途中で出てきた一度絶縁した友だちのことは、向こうから「自分には現状ひとりしか友だちがいない。君である」とヘビーな申し出があったため、さすがに「友だち」と呼んでよかろうと思っている。


「少し前に、亡くなった友だちがいたんですけど」

そんな体《てい》たらくのわたしだから、カメラに向かってそう話しながら、喉がちりちりと痛む気がした。なにか、踏んではいけない結界のようなものを踏んでいて、それがわたしの体を灼《や》いているようだった。ＮＨＫの取材を受けているときのことだ。朝のニュースでわたしの活動が取り上げられることになり、話題はわたしの書いている詩のことに及んだ。
そのとき紹介されたのは、友だちに死なれることについて書いた詩だった。

ところが
祝日に訃報がやってきて
それからはわたし
ひとりぶんにも少し　欠けてしまった
左肩のあたりが空いてすうすう痛む
竜巻のような電話をする友だちだった
唐突で　肝心なところになるとよく聞こえなくて
いつも向こうの方が早く眠った

（「ぶん」）

ここで書いているのは特定の誰かのことではなく、生きている者も死んでいる者も含めた何人かの知人を重ねあわせてできた架空の人物のようなものだったが、しかしこの詩を書いたきっかけには、確かに亡くなった彼女のことがあった。それで、取材ではやむなく彼女について語ることになった。
彼女が亡くなった直後には、日記に「会ったことある人が死んでしまった」と書いた。

「友だち」と書くことも、それに「亡くなった」と書くことも、いやだった。死なれたあとのもはやなにもできない自分が、ともすると見せかけだけの敬意を彼女に払いたがるのが自分でわかって、その浅ましさがいやだった。それに、彼女はわたしからするとよくわからない存在で、わたしたちふたりというのもちょっと微妙な関係だった。同い年で、ふたりとも詩人だった。詩のイベントで何回か一緒になったことがあるけれど、ふたりで会ったことはない。共通の知りあいはたくさんいるのに、わたしたちはなぜかそこまで仲良くならず、せいぜいSNSでときどきいいねが来るくらいの仲だった。

その彼女から、一回だけ長いメッセージが届いたことがある。それは、わたしの公開したエッセイに対する感想で、しかも、酷評だった。「正直私はあなたが苦手なので」という告白からはじまり、そこから長々と、わたしの書く文章やふるまいは所詮「大人〝らしさ〟」にすぎない、見ていてつらくなる、と述べる。そのくせ読み進めるうち、「勝手に大事に思っているので、勝手に心配になって、勝手に苦手になってメッセージしました」と言い出す。わたしにはこのメッセージが、うれしかった。「友だち」とひとこと呼ぶにもためらうわたしにとっては、彼女のこの、きっとわたしによく似たためらいがちの口調が、それでいて自分でもどうにもならなかったような率直さが、つんと沁《し》みるのだった。これほどに誰かに正直になってもらえることが、人生でどれほどあるだろうか。いま読み返しても、やっぱりうれしく思う。けれども、メッセージの最後の部分だけは、いまとなっては承服しかねる。

「きっと十年後もお互い続けていられると良いと思っています。その頃にはなんか、漸《ようや》く、おしゃれで大人なイタリアンバルとか知ってて、一緒に行けたらうれしいです。でも、大好きだよー」

わたしも同じ気持ちでいたから、これがどうしてもくやしい。

「その友だちが亡くなったことがあって、この詩を書いたというのはありますね」

何度もくりかえし、そんなふうに話す。カメラの眼はどこまでも黒い。インタビューというのはみょうなもので、たずねられて答えるたび、だんだんずっと同じことを話している気分になってくる。だから実際はそう何度も言ったわけではないかもしれないけれど、気持ちの上では、わたしは彼女のことを、何度も、何度も、「友だち」と呼んだ。

インタビュアーにわかりづらくならないように、と、気をつかった部分もある。「会ったことある人が、あっ、といってもたぶん外から見たら友だちみたいなもので、しかしわたしにとって勝手に友だちと呼んでしまうのは怖いことなので……」なんて説明するのが面倒だったから、というのもある。それはまさに、わたしの日ごろ嫌っているあの大ざっぱな気配りによるものだったけれど、しかしわたしの唇がそのことを発するたび、濡れた土が踏みしめられるように、彼女が友だちになっていく、と思った。「友だち」という言葉の持つ、あるいはふたりいるＬＩＮＥスタンプの持つ、あの勝手さによって。やい、ざまあみろ、と思う。わたし、あなたのことをさんざん、「友だち」と呼んでやった。あなたがどれほどにわたしのことを嫌いでも、あなたはもういないから、わたしのそのような勝手を、もう押しとどめることができない。やあ、ざまあみろよ。

それはやっぱり、「友だち」という言葉の持つ、強すぎるほどの効力によるものだった。誰かに向かって「友だち」と言うとき、それは先に述べた期待や思い込みにはとどまらない。発話されてしまったが最後、「友だち」という言葉そのものが、呼びかけとして機能するのではなかろうか。「恋人」と呼ぶには互いの確認が必要で、その言葉自体が呼びかけとしては機能しない。逆に「知りあい」であることは多くの場合すでに事実であり、こちらもあえて相手に呼びかける意味は特にない。「友だち」だけが、呼びかける。

だから、いつか恋人になりたいと思っている相手に「友だち」と呼ばれると、ショックを受けたりする。それが第一に、ある種の意思表示だからである。また上司が部下を、また先生が生徒を「友だち」と呼んだとしたら、そこにはかえって歪《いびつ》な権威性が見えてしまう。すなわち、本当は対等な関係ではないにもかかわらず、上司、あるいは先生という立場によって、見せかけの「対等」らしい関係を維持するよう命じるような意味あいが生まれる。これもまた、「友だち」という言葉の持つ、呼びかけの機能によるものだろう。

「友だち」と呼ぶとき、わたしたちは事前に約束することができない。だから、「友だち」

という言葉を使うならば、意識していようといまいと、わたしたちは願い、そして賭《か》けさせられる。自分の望む親しい関係を相手が受け入れてくれるように。取材のときわたしも、まさに願ったのだ。いなくなってしまった相手に対してできることは、せいぜい願うことくらいしかない。だからかえっていま、それがしっくりきたのかもしれない。

ということで、こんな定義をしてみよう。

友だち：互いに親しみを抱いている関係の名前。ひるがえって、自分が相手に対して抱いている親しみを、相手もまた自分に対して抱いていてほしい、という願いを込めた呼びかけ。

さて、定義をするということにも、どこか似たような乱暴さがある。つまりは、「あなたがどう思っているかはわからないが、わたしはこのように思っている」という表明。普段の会話をする上ではやっかいものかもしれないが、しかし「友だち」という言葉がこれほどまでに飛び交っているのを見るに、わたしたちは案外、そのような勝手さをも平気で飲み込んでしまえるのかもしれない。誰かに向かって「あなたのことを友だちと思っていますよ」と呼びかけるように、世界に向かって「あなたのことをこんなふうに思っていますよ」と呼びかけることだってしていいはずだ。

友だち

布団に坐ると　首のうしろがさわぎだす
ひょっとしたらだれか来てくれないかと
色気のないやさしいだれかが　なにも持たずに

ぼくは寝そべって
頭のなかでそいつとしゃべる　百年先のことなんかを
そのうちに浅い眠りにつく

けれどあしたは来るかもしれない
椅子も準備してある　ずっと前から準備してあった

遊びと定義

十年くらい前、インターネットで、ハンドルネームの頭文字を「ぽ」にするとかわいい、という遊びがあった。「あいこ」さんなら「ぽいこ」さん、「木原」さんは「ぽはら」さん。わたしはそのとき「ふみ」という名前を名乗っていたから、「ぽみ」。これを気に入って、「ふみ」を名乗らなくなったいまだに、ときどきふざけてウェブサービスの登録名にしたりする。ぽみ。耳慣れないけれど親しみやすい、オノマトペのようだけど案外なんのようすも想起させない、ふしぎな文字の並び。

この他愛もない遊びが楽しいのはなんだろう。たいした工夫もなく頭の文字を変えるだけで、なんとなく笑える。同じくインターネットのおふざけとして有名なものだと、「ゴツゴツのあはん」というのがある。カンのいい人ならすぐにわかるだろう、「アツアツのごはん」の頭文字を入れ替えたものだ。ただそれだけなのにかなりおもしろい。ほかに有名どころだと、「チャラチャラのパーハン（パラパラのチャーハン）」「ぽとハッハ（はとポッポ）」もすばらしい。「ぽとハッハ」なんて、いま書いていていても笑ってしまう。

くだらないように見えて、いや実際くだらないのだが、一応スプーナリズムという立派な名前がついている。仕事で小学生向けの詩の講座をするときにも、よくこのスプーナリズムで遊ぶ。自分の苗字と名前の一文字目を入れ替えるのだ。これもなんの工夫もいらない上に自己紹介の代わりになるから、だいたい講座の最初にやる。わたしが「くきさか・さじらです」と名乗るだけでちょっと笑いが起きて、そのあとはもう順々にみんなの名前を聞いていくだけでいい。「ぽみ」と同様、これ以上ないほど見慣れた言葉である自分の名前が、急にナンセンスの牙《きば》を剝《む》くのが楽しい。

言葉遊びの先達中の先達、歌人の山田航《やまだわたる》さんの名著『ことばおてだまジャグリング』でもスプーナリズムを取り上げていて、いくつかの傑作を紹介している。人名を使ったものもあり、「マール・ポッカートニー」「バリュー・ドリモア」などなど。山田さんいわく、入れ替えればなんでもいいわけではなく、おもしろいものとそうでないものとがある。そして「P」の音には魔力があって、パ行が入るとおもしろくなりやすいらしい。

わたしも御多分に洩《も》れず、パ行には反射的に心を許してしまっている。言われてみれば、「パーハン」も「ぽと」もパ行じゃないか。最初の遊びの「ぽみ」に至っては、わざわざよそから「ぽ」を持ってきている。最近では言語学者の川原繁人《かわはらしげと》さんがまさに『なぜ、おかしの名前はパピプペポが多いのか？　言語学者、小学生の質問に本気で答える』という本を出版されていて、その中でもパ行は小学生の関心を集めていた。言語学の観点からいくと、パ行を使うことで生まれるのは「外国っぽさ」、そしてやっぱり「かわいらしさ」。赤ちゃんが発音しやすい音でもあるとか。ぱ・ぴ・ぷ・ぺ・ぽ、唇を一度くっつけないと発音できない、めんどくさくて、どこかよその感があって、かわいい音。すてきだ。

運営している国語教室に「ことぱ舎」と名前をつけたのも、八割方それが理由である。言葉の「ば」を「ぱ」に変えて、ことぱ舎。由来をたずねられるたび、「かわいいからです」と答える。「Pの魔力」に加え、意味がないということも、人を油断させるかわいさの一因であるように思う。教室は住んでいる家の一室で、夫は略して「ぱしゃ」と呼ぶ。わたしが家の中で携帯電話をなくして、あそこでもないここでもないと騒いでいると、夫が言う。「ぱしゃじゃない?」。そしてほとんどの場合それは正しく、携帯電話は確かに「ぱしゃ」にある。かわいい、かわいい。

さて、「ことぱ」がかわいい一方、「言葉」はさしてかわいくない。濁音の「ば」は、「ぱ」に比べるとどっしりした低い響きを持っている。わたしは読むのも書くのも好きだが、「言葉」という単語はあまりに広すぎて、実はそこまで身近には感じていない。言葉があるのはなにも本の上だけではない。ポップスもキャッチコピーも契約書も言葉、おしゃべりも演説も言葉、SNSやメッセージのやりとりも言葉。ひょっとしたら、苦手なもののほうが多いかもしれない。

どうやらそう思っているのはわたしだけではないようで、詩人で国語の教室を開いていると話すと、ときどき一歩引いたような苦笑が返ってくる。

「わたし、言葉って苦手なんですよね……うまく使えたほうがいいというのは、重々わかっているんですけど、昔からどうしても……」

その控えめな拒絶を受けるたび、その人がこれまでどんなに言葉によって痛い目を見てきたか、その歴史を窺《うかが》い知ったような気持ちになる。そしてその人から見たわたしが、まるでそんな痛みとは無縁で生きてきたように映っているのではないか、と思って、もどかしくなる。わたしだって、言葉にはいつもうんざりさせられ、悩まされ、すれ違わされているというのに。

もうひとつ、詩の講座でやるクイズを紹介しよう。前述した言葉の音を使った遊びもいいけれど、意味を使ったものもある。この本のテーマと同じ、「定義」という遊びだ。次の文章を読んでみてもらいたい。

「〇〇」

脈絡のない活動、すなわちその続きが出発点から切り離され、出発点を消し去っていると思われるような活動を、〇〇と呼ぶ。もし子どもたちが木の枝で家を作り、

それに家具を置き、それを修理するならば、それはもはや〇〇ではない。もしある子が毎日商売をしてお金を貯めるならば、それはもはや〇〇ではない。（後略）

これはフランスの哲学者アランの『定義集』（神谷幹夫訳、岩波文庫）からの引用で、〇〇にはある単語が入る。アランはこの一冊で二百五十語以上の単語を「定義」していて、「友情」「おしゃべり」「心配」など、現代のわたしたちの日常によく出てくるものも多い。さて、この文章はなんという語の定義か。

実際にやってみると、本来ひとつの語について書いた文章なのに、案外いろいろな答えが出てくる。大人からは「衝動」「創作活動」「夢」、中には「無為《むい》」なんていう答えも出た。中学一年生から「迷子」という答えが出たときには、参加者もスタッフも舌を巻いた。確かに、迷った先で家を作って修理までしていたら、それはもはや迷子ではない。その通り。

なにか思いついただろうか。正解はずばり、「遊び」。ここまでわたしもさんざん「遊び」について書いてきたけれど、アランの定義によればこれこそが「遊び」であるらしい。わたし個人的には、家を作ったりお金を貯めたりする「遊び」もあっていいような気がしてしまうけれど、どうだろう。講座では、このクイズのあとそれぞれに「遊び」を定義してもらう。アランは教師でもあり、生徒たちにもよく即興で定義を書かせたことが知られている。それで、この一冊を読むのには自分なりの定義を書いていくことがむしろ正当な読み方であるような気がして、彼にあやかるつもりで使わせていただいている。

驚くのは、同じ語の定義でも人によってまったくバラバラなものが出てくることだ。表現が違うのはもちろんのこととして、そもそもの視点や、「遊び」に対する評価がまったく違う。お互いの発表を聞いて、「すごい!」「確かにそうかも!」と笑っていながら、ときどきふとゾッとする。わたしたちは、ここまでズレを抱えていながら、同じ言葉を使って語れている気になっていたのか。

そして、「言葉」が反射的に引き出すあの拒絶、そしてその陰に見え隠れする傷を思い出す。わたしたちは、おそらく誰もが、言葉に痛い思いをさせられた経験を持っている。そして、言葉がときにわたしたちにおこなうあの裏切りは、わたしたちが日ごろ見過ごしているこのズレのしっぺ返しではあるまいか、という気がしてくる。お互いの持つある定義に対して、あるときには大ざっぱになりすぎ、またあるときには厳密になりすぎて、そのどちらでもわたしたちの言葉のやりとりはくじけてしまう。それがあるとき痛い経験となって、人間関係の上にあらわれてくるのではあるまいか。

だから、遊びが必要なのだ。「ぽみ」だとか「バリュー・ドリモア」だとか言っているとき、わたしたちはいっとき、言葉をやりとりすることがつねに隠している破綻《はたん》の可能性から解放される。わたしの感覚で言えば、それは言葉をようやくつかまえられた、というより、むしろ言葉が先にはるか遠くへ行ってしまった、というのが近い。見慣れた言葉を一文字変えただけで、小さな齟齬をはるばると置き去りにして、見たことのない地平まで飛び立ってしまった。それを見ていると、なんだか小気味よくなってくる。そもそも言葉がよくわからないものであったことを、「遊び」の前ではじめて共有できたような気がしてくるのだ。おしゃべりや、契約書や、ＳＮＳの言葉には及びもつかないほど、言葉は果てしなく、剣呑《けんのん》である。そのことが、ときにわたしを晴れ晴れとなぐさめる。

「定義」遊びにしても同じで、あまりに異なる定義を持ち寄ってはじめて、食いちがいに驚き、笑うことができる。定義で遊ぶことが、わたしたちを同じスタートラインに戻してくれる。遊びによって解《わか》りあえるというわけでもないけれど、しかし遊びによってようやく、解りあっていなかったことを明るく思い出せる。アラン先生ふうに厳しく言えば、日常で立っている場所を脱することができないなら、それはもはや遊びではない。それでいて、そのあとにはふたたび日常に戻れないのであれば、それもまた遊びではない。

言葉の「ば」を「ぱ」に変えて「ことぱ」。教室の立ち上げのとき考えていたのは、この教室に遊ぶことと学ぶことが共にあるといい、ということだった。わたしは詩人で、既存の形式を打ち壊すような表現を愛しているが、同時に国語の先生でもあって、正確な文法理解や読解の技術を、まったく同様に愛している。そのどちらかに偏ることがいやだった。ときどき、これでもまだ解りあっていないというスタートラインに笑って立ちながら、しかし次こそもっと解りあうために、と勉強に戻れるような場所にしたいと思っていた。だからまずは、表現することと学習することとをひっくるめた「言葉」という広すぎる単語に頼ったのだった。

しかしそれでいて、「わたし、言葉って苦手なんですよね」というあの苦笑を、なんとかかわす必要があると思った。「言葉」で痛い思いをしてきた人を、あとずさらせずにすむような看板にしたかった。「言葉舎」ではむずかしいだろう。だから、「ことぱ」と一文字、飛んでいってもらうことにした。「いやいや、『言葉』じゃないですよ。『ことぱ』って書いてあるじゃないですか！」と、かわいい顔してごまかす算段である。あの苦笑は、わたしの前にあらわれるたくさんの人たちの苦笑であるのと同時に、わたしの苦笑でもある。わたしたちには、わたしたちにこそ、言葉を遊ぶことと学ぶことが、その双方がどうしても必要なのだ、と思ってやまない。

アラン先生に倣《なら》って、わたしも定義を。

遊び：日常のくりかえしを離れておこない、終わったあとにはまた元のくりかえしへ戻ることのできる活動。すなわち、遊ぶ者は遊びと非・遊びとを往復する。そのように日常から分かたれているために、遊びは日常を外がわからの視点で照らす。そして、遊びと非・遊びとの往復が、その視点を日常のほうへ持ち帰らせる。

遊び

男たちが面積について話しながら
手にひもつき風船を浮かべて歩いていく
風船にはひとつずつ存在しない子どもの名前が書かれ
だれのポケットのなかにも硬貨は入っていない

かれらがプレイと名づけたその行為は
終わりのあることを唯一の是としている

敬意と侮り

誰かに敬意を払うためにはどうしたらいいのか、ということで、よく悩まされている。たとえば、お金を払ったり、もらったりするとき。わたしの場合はフリーランスなので、ふだん仕事以外でも親交のある人からその日だけギャランティーをいただく、ということがたびたびあるし、その逆もある。そういうとき、なにか指先がぴりっと緊張する。もちろんなるべく失礼な態度はとりたくないけれど、しかしあまりそこでかしこまりすぎると、今度は逆にお金のからまない関係性のほうをないがしろにしていることになりそうで、落ち着かない。どちらにも適切な立ち位置がないように感じられる。結局、そこだけ急にもの静かになり、叱られているときのようにお金をやりとりしていることが多い。それはわたしなりの相手に対する敬意なのだが、果たして相手にはどう受け取られているのだろう。誰にも確認したことはない。

もしくは誰かと話しているときに、ふと自分の表情が笑っていないことにおののく。意図しているわけではないけれど、とくに話を聞いている時間、ふと気づくと真顔である。表情筋の感覚でそれがわかる。それまでは表情のことは忘れていられたのに、ひとたび気になるとずっとなにかまちがっているように思えてしかたない。なんだっけ、と思う。なんだっけ、正解は。会話のとき一方が笑っていないと、もう一方を怖がらせてしまうのではなかったっけ。いや、でも、この人も、笑顔があんまり好きじゃない人かもしれないからな……。

「笑顔があんまり好きじゃない人」というのは、ほかでもないわたしである。あんまりにこにこされると、反射的に警戒してしまう。このやっかいなクセはおそらく、登校拒否の高校生であったころの記憶に端《たん》を発している。そのころ、にこにこしながら面談室に入ってくる教師たちが、ほかでもないそのにこにこでわたしの行動を操作しようとしているのがわかって、それがたまらなく憎かった。いくらわたしが反抗的な子どもであったとはいえ、にこにこしている者に対していきなり怒るのはむずかしい。その、こちらの手心につけこまれている感覚がいやだった。

それで、自分が誰かに対して話すときにも、ついそのことが気にかかる。とくに年下の人と話すときには。わたしはいまにこにこすることで、相手の苦しい気づかいを巧妙に利用してしまってはいないか。語っている内容ではなく、心の伴わないにこにこに頼って、あるいは元からある不均等な関係性に頼って、会話が成立しているふうに見せかけてしまってはいないか。そしてそれはまさに、敬意を欠いた態度であるように思える。

けれども、ささくれだった子ども時代から十何年か生きてきたおかげで、さすがのわたしにもだんだんわかってきた。どうやら多くの作法では、笑みを浮かべて愛想よくしていることを、もっぱら敬意の表明であるとみなすらしい。もしかするとあの教師たちも、さしたる意図は持たず、ある作法にのっとってにこにこしていただけなのかもしれない。けれどもしそうであったとして、彼らのにこにこがわたしに不快な作用をもたらしたのには変わりない、ということが怖い。なんなら、それがまさにレディ・メイドな「作法」にすぎないことこそが、わたしを苛立《いらだ》たせていたようにも思う。それでやっぱり、どちらにも立てなくなってしまう。にこにこすることと真顔でいること、ある作法に従うことと従わないこと、どちらも敬意にとっては違っているように思えてくる。

さて、日本語に親しい者にとって、わかりやすく敬意を示すものの代表格と言えばやはり「敬語」だろう。そもそも「敬意」という言葉自体、学校で敬語を習ったときにはじめて意識するものかもしれない。まず小学校で、「敬語は敬意をあらわすために用いる言葉である」と教わる。古典になるとさらに、これは話題になっている人への敬意、これは読み手への敬意、これは自分自身への敬意（自敬表現）……と、「敬意の対象」を見分ける必要が出てきたりもする。

こんなに敬意に対しておっかなびっくりでいるわたしだから、さぞ敬語も苦手なことだろう、と思われるかもしれない。ところが実際のところ、敬語だけは使いまくっている。敬語で話している時間のほうが圧倒的に多いと言っていい。相手が年上だろうが年下だろうが子どもだろうが、むやみに敬語で話す。

といっても、敬語でなら敬意を使いこなせるから、というわけではない。大学生のころ日本語学の講義で教わったことを信じ切っているだけだ。

「敬意を払っている相手に敬語を使う、というのはまちがいですね」

教授がいきなりそう言い切ったのは、国文学専攻のオリエンテーションでのことだった。

「だって君たち、敬意を持っているけれども敬語を使わない友だちもいるし、敬語でしゃべりはするけど敬意は持てない先生だっていくらでもいるでしょ。敬意をあらわすために使う、というだけでは、実態に即した説明にはなっていないですよ。実際のところは気持ちとは関係なく、『自分は社会的な上下関係や親疎《しんそ》の関係をわきまえていますよ』ということを言葉づかいに反映するシステムが敬語であると言えます」

わたしには、その話がおもしろかった。おもしろかった、という以上に、なにか、うれしいような気がした。これまで学校で教わっても納得できていなかったこと、それも常識的なことをにわかに覆《くつがえ》してもらえたのが、そしてこれから自分はそのような勉強をしていくのだということが、うれしかった。専攻を選ぶにあたって迷わずその教授のゼミに入ったのも、こんなふうに言葉についてつべこべ考えることが好きになったのも、そのときのことを忘れられずにいるからかもしれない。

だから、敬語はそこまで怖くない。「敬意」などという気持ちに依存したよくわからないことではなく、たかだか社会的な関係のことにすぎないと思えるからだ。敬語を強いるようなコミュニケーションに従わざるをえないときにも、内心ではちゃっかり自分の敬意を切り離し、これは単なる上下関係で、敬意ではないですよ、と思っている。敬語を強要されることは許しても、敬意を強要されることはそう簡単には受け入れられない。

「年上にも年下にもむやみに敬語で話す」こともまた、消極的に見えるかもしれないけれど、わたしとしてはむしろ積極的にやっていることだ。誰にでも敬語で話すことによって、「敬語で話す」ことの特別性が薄れる。そうするとふしぎと、結局は敬語で話していたとしても、敬意の強要は無効化できるような気がする。赤ちゃんにも敬語で話しかける者の敬語は、もはやなんの意味も持たない。

そう思うと、敬意の根幹とは、区別をすることであるかもしれない。自分に払われている敬意が、誰彼かまわず振りまかれているものではないと確認してはじめて、わたしたちはそれを敬意として受け取ることができる。敬意が特別なのではない。特別であるから、敬意なのだ。

敬意：相手がほかの人と区別されるに値するという気持ち。

と、ここまで考えて、うーんと思う。そもそもは、正しく敬意を払いたいというところから出発したはずだった。そのときに望んでいたのは、敬意を払う相手とそうでない相手とを正しく区別したい、ということだっただろうか。むしろ反対に、誰に対しても区別なく敬意を持って接するためにはどうしたらいいか、ということのほうが、重要なのではなかったか。

ところで、メイクが苦手でしかたない。正直に言って、できることならやらずに生きていきたい。メイク用品の情報を集めたり、テクニックを洗練させたりしている人たちを見ていると、素直にすごいなあと思うけれど、どうも自分には関係ないことに思えてならない。こんなことでよいのだろうか、しかしかといってやる気にもならない。メイクをしている自分の顔もどうしても好きになれず、避けてきた分いつまでも見慣れることもない、という悪循環。たまに必要に迫られてなにか塗ろうものならとたんに顔が激しくかぶれることも、またわたしの士気を削《そ》ぐ。そもそも肌が弱いのだ。

メイクもまた、敬語と同じように、社会的な関係をわきまえていることを示すものでもある。適切なメイクは大人の礼儀とされているようだし、逆にあえてそこから外れたメイクを共通のコードとする集団もあるらしい。「ギャルになりたい」と言う生徒に「ギャルかそうじゃないかはなにで決まるの？」と聞いてみたところ、ギャルメイクをしているかどうかであるという。

わたしもまた、年に数回程度はメイクをする。見よう見まねで化粧下地を伸ばし、眉毛のふちだけ冗談のように描いて、赤すぎもピンクすぎもしない口紅をつける。アイラインは落とすときに目にしみるし、チークはどう工夫してもうまくできずに北国の子どものようになるから、あきらめる。わたしがメイクをするのはだいたい、親しくない目上の人と会うときか、あとは冠婚葬祭やなんかのちゃんとした集まりに行くとき。

敬語と同じで、それはあくまで関係の問題にすぎないはずだ。しかしそれでいて、これは明確な侮《あなど》りではないか、と思うことがある。

ふだん、誰かと会うためにすっぴんで出かけていくとき、わたしはこれから会う相手のことを信頼している。わたしはふつう多くの女性がするべきだとされているメイクをしていないけれども、わたしの友だちや仕事仲間たちはそんなことで相手を判断するような人たちではなかろう、と思っているのだ。

それだけならなんとなくいい話のように収まるかもしれないけれど、めったにしないメイクをしているとき、このことがふと胸に引っかかる。ならばこのメイクは、侮りそのものではなかろうか。下地を塗り、口紅を引くことで、わたしは暗にこれから会う人たちを、見た目でしか人を判断できない、信頼のおけない相手とみなしているのではないか。つまり、一般的な考えとはまるきり逆で、メイクをしていないことが敬意の、していることが侮りの表現になってしまう。その奇妙な逆転が、わたしの弱い肌の上で起きるのだった。

にこにこしてしまったときにも、ふと同じように思う。わたしはいま相手を、にこにこしてさえいれば気を許すような人間と、あるいはにこにこしていなければ気分を害するような人間と、みなしてしまってはいないだろうか。そして、そのような侮りを、子どものわたしも敏感に感じ取っていたのではないか。

侮りはどこにでもありふれている。だからこそ、敬意に悩んでしまう。そして、やっぱりできるだけたくさんの人に、敬意を払えるようになりたい。

わたしの持っている女性という肉体もまた、侮りのまなざしに晒《さら》されやすいものだ。女性というだけで、聞いてもいないことを教わる立場に立たされ、頼んでもいないのに守られる立場に立たされて、ときには許可なく触っていいものだとみなされさえする。メイクにどうしても気が乗らないのには、そこへの抵抗も混じっているかもしれない。

ときどき、夫と、一緒にライブをしているギタリストのクマガイユウヤと、三人でドライブをする。車好きのクマガイが運転をしたがってくれるので、運転席はほとんど彼に任せる。ナビの操作のために夫が隣に座り、わたしは後部座席でだらだらする。

クマガイは、陽気でやさしい。運転中もずっとふざけている。カーオーディオから流れてくる曲にいちいち合いの手を入れ、アクセルを踏んでは気持ちよさそうに快哉《かいさい》の声をあげる。

わたしたちが笑うからなおさら調子づいて、道中でどんどんテンションが上がってくる。

　中でもおもしろいのが、彼がやむなく急ブレーキをかけるときだ。「あっ、ごめん」と言ってブレーキを踏む瞬間、身体にかかる重力に耐えながらも、彼はすかさず助手席の夫の前に手を差し出す。ブレーキの反動で夫の身体が前に飛び出さないように支えてくれているのだ。しかし夫はクマガイよりもかなりがたいのいい男であり、その、アンバランスさが可《お》笑《か》しい。「いや、やさしいな」と夫が言う。過剰な気づかい、それもいわゆる「男らしい」気づかいが、どこまでも空回りして、おふざけになってしまっている。戯画化されたマスキュリニティ。もしかしたらそれはふざけていない、彼の心からのやさしさなのかもしれないけれど、それならそれでなおさら可笑しくて、わたしと夫はどうしても笑ってしまう。

　あるとき、夫が後部座席で眠りたいと言い出して、わたしと席を替わった。クマガイとふたり、夫の寝息を聞きながらおしゃべりしていると、目の前の信号が黄色になる。アクセルを踏み込んで渡ってしまうか急停止するかのギリギリのところ、彼はブレーキを踏み込んだ。身体がぐっと重たくなる。「あーごめんごめんごめん」と唱えながらそのまま停車して、ひと息ついてから、「すいません、行けたかもしれないけど」と、彼はもう一度謝った。

「いやいや、安全運転じゃん」と答えてから、しばらくして、ゆっくりと感心が追いついてきた。この人、わたしの身体は、夫にするように支えてくれなかったな。おそらく、わたしが身体にふれられること、そして女性扱いされるのをいやがることを、長いつきあいでよくわかっていて。ふだん、あれだけすばやく夫のほうに手を伸ばすこの人が、焦って急ブレーキを踏みながら、わたしに侮りであると受け取られないほうを、とっさに選んでくれたんだな。

それはわたしにとっては、この上ない敬意の表現であるように思われた。ここでもまた、逆転現象が起きている。身体を気づかって手を伸ばすことのほうがときに侮りであり、なにもしないでおくことが、わたしと彼とのあいだではまちがいなく敬意であったのだ。反対に、本来守られる立場に置かれることの少ない夫の身体にとっては、彼の伸ばす手がうれしいこともあっただろう。その複雑なふたつを、クマガイは見事に使い分けてみせたのだった。

それもまた、ある種の区別である。けれど、ある人に敬意を示すためにほかのある人のことはないがしろにしておく、というような、冷たい区別ではない。それでいて、誰彼かまわず敬語で話すような、わたしの暴力的な一緒くたとも違う。ひとりずつを精緻《せいち》に区別していくこと。それが、敬意のあるべき姿ではなかろうか。

敬意：相手が、ほかの誰とも区別される、ただその人であるという気持ち。

つまり、敬意とは、ひとりに対する気持ちでしかありえない。女性であることを理由に侮りのまなざしを向けられているとき、わたしはほかの女性たちと区別されていない。そして、わたしがメイクをして出かけるとき、わたしはこれから会うよく知らない人たちを、そのほかのよく知らない人たちと区別していない。そこに、今度は侮りの根幹がある。

侮り：相手をある集団の一部とみなし、ただその人であると区別するには値しないという気持ち。

さて、そうなるとひとつ困ったことがある。社会的な関係と敬意とは、やっぱり深くつながっているのではないか、ということだ。敬意がひとりに対する気持ちであるとしたら、いつでも、誰に対しても正しい敬意の払いかたというものはない。相手との関係に応じて、それはつねに変動し、ときに華麗に逆転してしまうからだ。そうであるなら結局、自分と相手とがどういう関係にあるか、相手が自分との関係をどのようにとらえているのかを、「わきまえて」おくことが必要になる。それは言い換えれば、自分のややこしい気持ちと、いつでもよくわからない相手の気持ち、その双方と、どうにかつきあいつづけていかないといけない、ということではないのか。

たいへんなことになった。しかもそうだとしたら、頼みの綱だったはずの敬語の立場もあやしくなってしまう。こうなると、クマガイのカンのよさがねたましい。

侮り

胸に名前を書いてもらった
おれの名前じゃない
その人の名前だ
マーカーの黒い油のにおいが
いくたびもおれの毛に引っかかって
シャツをまくりながら倒れそうだったよ
みんなうらやましがるだろう
自分にもだれかの名前がほしいというだろうな
ごきげんよう

やさしさ

バスのあの席が戻ってきた。

あの席だ。前方の扉から乗り込んですぐ、運転席の真後ろにある、ひとり掛けの席。バス通学だった中学生のころから、わたしはあの席が好きでしかたない。

まず、少し高いのがいい。ほかの席と違って、あの席に座るためには、二、三段階段を上らないといけない。そのぶん、外の景色もよく見える。運転手さんの合図や暗号のような時刻表を、後ろからこっそり見られるのもうれしい。ひとり掛けだから、ほかの乗客の乗り降りに気をつかうこともない。肘掛けも独り占めだ。

そしてなにより、あの席に座っている人は、やさしくなくてもいいところがいい。

あの席の階段を上ると、すぐ目に入るところに注意書きが貼ってある。そこには、「この座席は、位置が高いため、お子様　お年寄りの方は、ご遠慮ねがいます」とある。数段高いための配慮なのだろうけれど、つまりここは、逆・優先席なのだ。

ふだんは、なるべく席を譲《ゆず》りたいと思っている。自分の中に、できるだけ他人にやさしく、という原則があるからだ。わたしには、電車で立っていられるかどうか、という点において、自分がかなり融通《ゆうずう》のきく立場にいるという自負がある。足も二本持っているし、日常的に腰や肩が痛むこともない。大した筋力もないが、持病のたぐいもない。すぐ荷物を重くしすぎてしまうほうであるとはいえ、床に置くことに抵抗のないほうでもある。それなら席を譲って、自分のやさしさのほうを取りたい。

すると、座っていてもなんとなく落ち着かない。両手に紙袋を提げたおばあさんなんかが前に立ったらすぐに立ち上がれるように、心のどこかがいつも準備をしている。そうでなくてはいけない、と思っている。そのせいで、しばらく座っていると、ちょっと悪いことをしているような気になってくる。またおばあさんでなくても、いま前にいる青年が実は体調が悪いのだったり、その右隣の女性が実は妊娠しているのであったり、かと思えば左隣の子どもはそっとパニックになりかけていたり、そんなこともももちろんありえるわけだ。いやそもそも、ある人がある人に比べてどれほど座るべきであるかを、わたしが決められるわけもなく……などと、考えはじめるときりがない。ああ、面倒くさい。しかも、わたしとてべつに、立っているほうが好きなわけではない。やさしさを取りたいのと並行して、許されるのなら、座りたい。

その、ややこしくて、あさましい欲求。すなわち、「やさしくもいたいけれど、なるべくお子様いい目にもあいたい」という欲求は、バスのあの席でだけは問題にならない。「お年寄りの方は、ご遠慮ねがいます」だ。もちろん、見た目ではわからない体調の悪い人がいるかもしれない、という問題は解決しないけれど、階段があるせいで譲るにしても譲りづらい席でもある。だいたいの場合、わざわざ入れ替わるほうがかえって周囲の迷惑になりそうに思える。だからそこではじめて、わたしは堂々と座り、音楽なんか聴いて、外の景色を眺めていられるのだ。いっとき、やさしくなくてもいいということ。それが、すぐ考えすぎて勝手にくたびれてしまうわたしのようなものにとって、しみじみとありがたいのだった。

ところが、新型コロナウイルス感染症が流行してからの数年間、その席が使えなくなった。感染対策のためだ。運転手さんのすぐ後ろの席だからしかたない、と思いながらも、ときどきバスに乗るたび、ビニールテープで封鎖されたその席を見てぎゅっとさびしくなった。単に座れるかどうか、というところを超えて、自分の大切な領域をなくしてしまったような気がした。

だから封鎖が解かれて、久しぶりに座ったその席の、なんと心地よかったこと！

ひるがえって、自分がいかに日ごろ、「やさしさ」というものに苦戦しているかを思う。ザ・ブルーハーツにしてもそう、斉藤和義にしても、あいみょんにしてもそう、「やさしくなりたい」旨を歌われると、一発で心を許してしまう。本当にそうだ、やさしくなりたい。なにがやさしさであるかはいったん留保しておくとしても、ともかくそのときどきに自分がやさしさだと思えることをどうにかおこないたい。「本当のやさしさ」なるものを云々《うんぬん》する以前に、そもそも「自分がやさしさだと思ったことをおこなう」ことでさえむずかしい。

夫の運転する車に乗っているとき、夫が急に「あっ」と言った。

「あっ。入れてあげたらよかった」

見ると道路の左がわに、小さな道からわたしたちの走る大通りへ出ようとしている、一台の青い軽自動車。すぐ前は信号で、いまここでわたしたちの車が停車すれば、流れるように交差点へ進入することができる。けれど、もう遅かった。夫が声をあげたとき、わたしたちの車はちょうど停車位置までの最後のアクセルを踏んだところで、わたしの視線が青い車をとらえるかとらえないかというちに、もう後ろへ遠のいて見えなくなってしまった。

信号待ちの車列の後ろにつつがなく停車してから、夫はもう一度つぶやいた。

「あーあ。入れてあげたらよかったな」

そのときのことを、ときどき考える。夫は忘れているかもしれないけれど、どうしてもわたしの心から離れない。あんなふうな「あーあ」を、わたしもまた、くりかえして暮らしているような気がするのだ。

車を一台車線に入れてやるかどうかなんて、言ってしまえばべつに、大した問題ではない。あの軽自動車にとってだって、わたしたちの車の前が唯一のチャンスであるわけでもなく、少し待てば無事大通りへ出られたことだろう。けれどもやっぱり、確かにそうだ、夫の言う通り、「あーあ」と思う。あーあ、やさしくすればよかった。なによりも、自分にがっかりしている。あとほんの一瞬早く決断すれば誰かにやさしくできたかもしれなかったところを、そうしなかった。それも、急いでいたとか、車線全体の効率を考えたとか、そんな理由さえなしに、とっさの判断、いわば惰性で、やさしくないほうへとアクセルを踏んでしまった。

するとだんだん、いろいろなことが思い出されてくる。なるべく席を譲るぐらいでなんだ、わたしという者は本当にやさしくないことばかりで、あるときには同級生の悩み相談を面倒がってなあなあに終わらせ、あるときには目をかけてくれた上司の送別会をキャンセルし、あるときには理由のない焦りに駆られて、好んで一緒になったはずの夫につらくあたる。昨日も今朝も、庭の木にかかったくもの巣をやっきになって剝《は》がしたし、貸したままになっている本やいくらかの金のことで、それもずいぶん前のことで、急にくやし涙が出そうになる。一度うけた仕打ちは執念深く覚えていて、わたしと関わらないところで幸せになってほしいとすら思えない相手が、年々多くなる……。

書いていてもいやになってきた。しかしこんな体たらくのわたしでも、自分の中にやさしさの存在をまったく感じないわけではない。こちらは照れくさいからあまり詳細には述べないけれど、ささいな、そして意外なところで、あっ、いまのはやさしさからおこなったことだったな、と、自分でふりかえることがある。とてもふつうのことになってしまうけれども、わたしはあるときにはやさしく、それでいてあるときにはやさしくない。

こう考えることはできないだろうか。やさしさ、というものは、とかくほかの何かに邪魔されやすい。やさしさを妨《さまた》げるのは、先に挙げた時間や効率、またそれですらない惰性。ほかにも、金欠、自分自身の痛み、役割や責任、つつがなく回ることを望まれた生活。わたしたちが持ちあわせているはずの、いくらかずつのやさしさは、それらの障害によってなかなか出てこられない。

「あっ、入れてあげたらよかった」と夫がつぶやいたときのように、わたしたちはたくさんのやさしさを予期し、そして、阻《はば》まれている。いまは忙しいから、面倒だから、生活があるから、といって。未遂《みすい》に終わったやさしさの透明な気配が、わたしたちの暮らしを取り巻いている。あーあ。だから誰かのやさしさにふれたとき、まずはその希少さに驚き、うれしくなるのだ。


そしてときに、やさしさそのものもまた、ほかのやさしさの邪魔をする。

太宰治の「家庭の幸福」の中に、町役場の短いシーンが出てくる。戸籍係の津島は、たからくじを当てたお金でひそかにラジオを買う。ラジオは高級品だ。それがその日、家に届くことになっている。津島は家族を驚かせるのが楽しみで、早く帰りたくてしかたない。

ところが、窓口を閉める時間ちょうどに、ひとりのみすぼらしい女が出産届けを手に窓口に駆け込んでくる。津島は早く仕事を終わらせたい一心で、女の頼みを断り、窓口を閉めてそそくさと帰ってしまう。そしてその晩、女は入水自殺をする。

やさしさのことを考えるとき、わたしはいつもこのシーンを思い出す。やさしさの失敗、そのものであると思う。津島が家族を思い、ラジオを買って、うちに帰るのを心待ちにする気持ちは、ある種のやさしさであるだろう。けれどもそれが同時に、そのみすぼらしい女へのやさしさを押しとどめ、起こさせなかった。津島はやさしさを持っていないわけではない。ひとつのやさしさが、もうひとつのやさしさを阻んだのだ。わたしたちもまたそうなのかもしれない。時間とやさしさ、お金とやさしさ、効率とやさしさ、そんなものを比べているようでいて、本当は、あるものに対するやさしさと、またほかのあるものに対するやさしさとを比べていることがある。

小説の最後は、このようにしめくくられる。「曰《いわ》く、家庭の幸福は諸悪の本《もと》」。太宰が厳しく指摘するように、その選択の前に立たされたとき、わたしたちはどうしても、自分と自分の大切な人に対するやさしさのほうを選んでしまいたくなる。

そしてそのことは、わたしの「やさしくなりたい」という願いと、どうも反するように思えてならないのだ。

あの青い車を、夫は入れてやりそびれた。そしてそのことによって、結果的に、わたしと夫とはわずかに早く目的地に到着した。やさしくしなかったことによって、わずかに得をしたわけだ。それ自体は小さな、どうでもいいことではあるけれど、しかしその遠く延長線上に、冷たく閉まろうとするわたしたちの窓口があるのではないか。

だからこそ、夫の「あっ」が、忘れられない。そのささやかなためらい、そして後悔に、わたしたちの合理的で「やさしい」選択が、打ちやぶられる可能性があるような気がして。自分のやさしさとやさしくなさのあいだに立たされつづけているわたしたちが、新たにやさしくなれるヒントが見つかる気がして。


「はじめてのおつかい」というテレビ番組がある。子どもが街へ出ておつかいをするさまを隠し撮りし、その奮闘ぶりにスタジオにいる芸能人が随時笑ったり泣いたりする、という番組で、個人的にはそこまで熱中できないのだが、しかしそのときは観ていた。

「おつかい」をしていたのは、青森に住む三歳の女の子、スグリちゃん。このスグリちゃんがなかなかの強者《つわもの》で、おつかい先でやたらにまちがえる。「うにみそ」を作るための味噌をもらいに行ったのにお菓子だけもらって帰ってきたり、かと思えば今度は「うにみそ」そのものをもらってきてしまったりする。最後には、しかたなくその「うにみそ」でお母さんがおにぎりを作り、スグリちゃんがお父さんの仕事場まで届けに行く。

無事おにぎりを届けた帰りぎわ、荷物も軽くなったスグリちゃんは、道端に生えているたんぽぽの綿毛を摘《つ》む。その様子を見て、見送りに出ていたお父さんがたずねる。

「お母さんに持って行ってあげるの?」

スグリちゃんは、うれしそうに答える。

「うん。やさしいために」

この短い返事に、わたしはもう、まるきりやられてしまった。

子どものつたない言葉づかいもあって、「やさしくするということのために(目的)」なのか、「わたしという人がやさしいために(理由)」なのか、ひょっとすると青森にそういう言葉づかいがあるのか、スグリちゃんがどういう意図で言ったのかは正確にはわからない。けれどもともかくこの七文字が、離れたところにいるわたしの心の深くへ、すっと入ってきたのだった。

やさしいために。綿毛を摘むのは、お母さんのため、でも、自分のため、でもない、やさしいために、なのだ。「やさしいために」の前では、そもそも誰のためかを比べること自体、他愛ないことに思えてくる。「やさしいために」なにかをしようと思ってはじめて、わたしたちは誰に対しても本当にやさしくなれるのではなかろうか。

スグリちゃんがお母さんのところに帰りついたときには、手に握りしめられたたんぽぽの綿毛はほとんど吹き飛んで、もう、二、三本しか残っていなかった。それを、スグリちゃんは「おかあさんの」と言って渡し、お母さんはスグリちゃんを抱きしめて、えんえん泣いた。

さてわたしは、「やさしいために」なにができるだろうか。誰かのために、ではなく、やさしさそのもののために。やさしさ以外の誰かやなにかのために行動することを基本にしていては、やさしさは所詮、たまたまリソースが余ったときの、プラスアルファの選択肢にしかならない。では、どうせ大したリソースを持たないわたしたちは、あの大通りで、どんなふうにブレーキを踏めるだろう。「やさしくもいたいけれど、なるべくいい目にもあいたい」というあさましさを持っていながら。

やさしさ：あるものとほかのあるものとを比べ、その片方をとくに大切にするべきだと判断するときに、漠然とよいほうへ向かっていこうとする方向性。そのためまず第一に、美しい目的で、うっとりと求められるもの。それゆえに、わたしたちに無数の選択肢を提示し、わたしたちがそのうちのなにを選択できるかをつねに試し、次なる他者との関わりへと駆り立てるもの。

誰かと共にいるからやさしくなりたいのではない。やさしくなりたいから、誰かと共にいたいのだ。

ともすると閉まろうとする、わたしの小さな窓口。それをなんとか押しとどめようとしては失敗して、「あーあ」とつぶやいている。誰にやさしくするかをすぐに倹約しようとする自分が、またそれを正当化したがる自分の貧相なリソースが、うとましい。

それでときどきくたびれて、あの席にゆっくり腰かけたくなるのだった。いつでも「やさしいために」いるのは、たいへんだ。ひとり音楽なんか聴いて、流れゆく街並みを眺めながら、考える。このバスを降りたら、また、自分にうんざりすることをはじめよう。自分のやさしさを求めて、誰かに会いにいく毎日をはじめよう。

やさしさ

しごとへゆくために力ずくにはねのけたあとも
なごりおしく毛布は
あたたかいままでいる
羊水をふくんだように重々しく

だから　朝のたび
生まれたことがおそろしい

置いてきたのだ
力ずくに

確認

週末、夫とふたりで一日乗車券を買って、東京じゅうをぶらついていた。決まった行き先はとくにない。どこにでも行けるとなると、かえってどこに行けばいいかわからなくなる。せっかく乗り放題なのだからあちこち行かないともったいない、という貧乏性も加わって、わたしたちはヒット・アンド・アウェーで駅から駅を渡り歩いた。

比較的家から近い赤羽からはじまって、とりあえず新宿、水道橋、御茶ノ水、上野と、山手線を横断するように好きな駅でばかり降りる。せっかくなのだから行ったことのない駅に降りようか、という気持ちが浮かびもするけれど、しかしそれにしても選択肢が多すぎて、相談しているうちに結局無難な駅に収斂《しゅうれん》する。お昼も結局、秋葉原《あきはばら》にあるもともと好きなカレー屋さんで食べることになった。わたしはもっぱらはじめて行く道やお店を好むほうで、自分のその判断は意外だった。いつでも、どこでも行けると思うと、逆に思い切りが悪くなる。「どこでも行けたのに、なお失敗した」というのをおそれているのかもしれない。

久しぶりに食べるそこのカレーはやっぱりおいしく、しかし一日乗車券で遊んでいるにしては、駅から離れすぎていた。秋葉原駅に戻ってきたときには、ふたりともかなりくたびれていた。

「さあ、次、どうしようかね」

わたしとしては空いている電車にさっさと乗り込み、いっときの休憩としたかった。

「せっかくだからあんまり行かない、山手線の外がわに出てみようか。錦糸町《きんしちょう》とか、亀戸《かめいど》とか……」

すると、ふだんあまりデートの行程を先導しない夫が、どことなく物足りなさそうにしている。

「……なに？　なんか見たいものあった？」

「秋葉《あきば》はもういいの？」

「いいよ。カレー食べたし」

「もっと秋葉らしいとこ見とかなくても大丈夫？」

そのふしぎな提案に、半分首をかしげつつ、「見とこうか？」と答えた。カレー屋さんはいわゆる電気街の反対側にあって、テレビで見るような秋葉原の景色はまだ見ていなかった。わざわざ駅の連絡通路をくぐり抜けて、「秋葉らしいとこ」へ出る。立ち並ぶ巨大なビルをひとしきり眺めると、夫はわたしの写真を一枚撮り、「よし」と言った。

「じゃ、行こうか」

ほんの三分ほどだったと思う。夫はあっさりと駅へ引き返し、次の目的地へ向かう電車の中で気持ちよさそうに眠った。いまの三分が、そんなに必要だったんだろうか。買い物をするでもない、とくべつ見たいものがあるわけでもない。あれは、なにをおこなっている時間だったんだろう。

観光をすることは、たびたび「確認」であると言われる。ガイドブックを片手に、名所とされている有名な風景や建物をめぐり、それが実際にあることを「確認」する。最近だと「SNS映えするスポット」なんていうのがそれに当たるのかもしれない。観光をするとき、わたしたちは知らなかったことを知るのではなく、むしろすでに知っていたことをなぞっているのだ。ジョン・アーリ／ヨーナス・ラースン『観光のまなざし』では、観光と写真を撮ることとを関連づけて、このように論じられている。

行楽で求められているのは一連の写真的な画像で、それもパンフレット、テレビ、ブログ、交流サイトなどですでに見たことがあるものだ。観光写真の大半は「引用」の儀式なのだ（中略）。観光者は、自分が出かけるとなると、そこでまた自分用に画像を探し求め、捉えることになっていくのだ。このことで結局、旅行者は、出かける以前から見ていた画像を自分たちも撮影してきたというのを友だちや家族に

――見せて、自分たちも本当にそこに行ったのだということを見せびらかすということになっていく。

（加太宏邦訳、法政大学出版局）

つまり、観光地に赴《おもむ》くより前から、わたしたちの持つまなざしはメディアによってあらかじめ規定されていて、ついそれと一致するものを探そうとしてしまう。その一致によってしか、わたしたちは「本当にそこに行った」ということを確かめられないのだ。そしてそのようなふるまいはときに、真の「旅」ではないと揶揄《やゆ》されもする。ある種の旅好きな人たち（アーリとラースンの言葉を借りれば、「本物の休暇旅行」らしきものをする人たち）にとって、旅とは未知との出会いであるべきで、すでに見たことがあるものの大量生産的な確認を「旅」と呼ぶなどもっての外《ほか》であるらしい。前述した通り、はじめて行く場所にはことさらわくわくするわたしだから、気持ちはわからないでもない。そのわくわくの中に、「誰もが行くような有名な場所に行く」ことへの、かすかな軽視が混じっていることも含めて。

それでいくと、夫のあの三分はまさに「確認」の時間だったのかもしれない。予想通りの景色が目の前に広がるばかりだったあの時間。それが、ほかでもない「確認」のために、必要だったのかもしれない。

わたしもまた、確認をしたくなることがある。

数年に一度しか新幹線に乗らないため、乗るといつも新鮮に驚く。どのくらい新鮮かと言うと、ストレートにその速さに驚いている。在来線だと小旅行くらいかかる東京から新横浜なんてほとんどまばたきで、夜行バスだと一晩かけて着くはずの名古屋や大阪も、ちょっと考えごとをしているとすぐに着いてしまう。

東京から名古屋へと向かう新幹線の車内は、実際には小田原であったり、三島であったり、豊橋であったりする。けれども、乗っているわたしにはそうは感じられない。出発した東京と到着する名古屋だけが独立した点として存在して、あいだはどこか現実ではない、隔離されたワープゾーンのように思えるのだ。それはふしぎで、少し不快でさえある。自分が現実にあるたくさんの土地の上を走っていることを、急に確かめたくなる。それで、スマートフォンの地図アプリを開く。ふだん歩くときに使っているアプリを新幹線の中で開くと、思いもよらない場所に自分の位置を示すアイコンがあって、それが歩く速度ではありえない速さで動いていく。わたしはそれを、ときどき窓の外の景色と見比べながら、ぼんやりと眺める。新幹線の窓から見える知らない町や山並みは、正直に言って、どこも同じに見える。流れさっていく風景の一瞬一瞬からある場面を切り抜いたとしても、そこがどこであるかはわたしにはわからない。それが不安で、ついＧＰＳの裏付けを得たくなるのだった。

この、「確認」、「本物の旅」を好む人たちに言わせればたいした値打ちを持たない、たかが「確認」に対する、しかしまぎれもない欲望。それは、一体どこから来るのだろうか。

最近、スーパーの野菜売り場に行くと、知らない人の顔写真が並んでいる。売っている野菜を育てた人の顔である。それを見るたび、みょうな気持ちになる。芸能人でも知りあいでもない、ただ小松菜やネギという一点によってここにつながった、知らない人の顔、顔、顔。野菜を買うときに産地や栽培方法にこだわりたい気持ちはわかるとしても、しかし、育てた人の顔まで見たいだろうか。農家の人がどんな顔立ち、どんな背格好、どんな表情をしているか、ということに、野菜の情報としてさしたる値打ちはない。ここでもやはり、わたしたちの求めているのは「確認」なのではなかろうか。顔写真が示すのは、野菜が育てられた場所といまいる場所とが共に現実にあり、かつ地続きにつながっている、ということであって、それが無農薬よりなにより、買い手を安心させるのかもしれない。逆に言うと、「野菜を育てた人はある場所に実在している」という、なんだかこう書くと当たり前にも思えるようなことさえ、わたしたちはともすると見失ってしまう。

新幹線に乗って名古屋まで、何をしに行ったかと言えば、友だちの結婚式に出席したのだった。結婚式というのはおかしなものだ。親戚知己《ちき》を集めて、よく考えると結婚とは直接関係のない大きなケーキを切り、花束を投げ、ろうそくに火をつける。はじめは奇妙に思っていたけれど、あちこちで招待されるうちにだんだん慣れてきて、このめちゃくちゃ感がけっこう好きになってきた。結婚と関係ありすぎないのがおもしろい。みんなの前で婚姻届を記入するだけよりも、なぜだか巨大なケーキが出てくるほうが、おもしろいに決まっている。そしてやっぱり、ふしぎとそちらのほうが、結婚というなんだかよくわからない事象にリアリティを感じられるのかもしれない。

結婚という、なんだかよくわからない事象。

夫と結婚してそろそろ四年になろうとしているけれど、いまだ結婚がなんなのか、よくわかっていない。一緒に暮らしていることも、好きあっていることも、市役所で手続きをしたことも、そして結婚式を挙げたことも、単体では結婚の要件を満たさないように思える。わたしは結婚をやっていて、つねにその渦中にいるはずなのに、言葉にしてしまうとどうもとらえがたい。そして、わたしのそのような疑いは、どうやら夫にはあまり快《こころよ》いものではない。

あるとき、

「昨日の君がわたしと一緒にいたいと思ってくれていたからと言って、今日の君がそのように思っているかはわたしにはわからないわけだし、」

と、言いかけたところで、夫がわたしの言葉をさえぎって「えっ?」と言った。それは、わたしとしてはごくちょっとしたおしゃべりのフック、マクラみたいなもので、このあとに本題が控えていた。なのでわたしも、「えっ?」と言いかえした。

「えっ? なに」

「君。なに。まだそんなこともわかってないの?」

夫は、怒っているようだった。

ここで懺悔《ざんげ》をしておくと、わたしというのは夫婦になる以前から、本当に面倒くさい恋人だった。疑い深く理屈っぽくて、そのくせ感情の出力がいちいち大きい。ふつうどちらかが長所でどちらかが短所になると思われそうなところ、両方が悪く作用している。最悪だ。そしてなにより、このエッセイを読んでくださっている方なら想像がつくかもしれないけれど、人とつきあうにあたって「恋」やら「愛」やらを疑わずにいることが、わたしにはどうしてもむずかしかった。そんな女を夫はどうにか説き伏せ、ときに甘い言葉ではぐらかし、ときにはがっぷり四つに組みあって、なんとか結婚まで漕《こ》ぎつけたのだった。偉業である。

その腐心の記憶が、夫には苦々しく残っているらしい。だから、わたしがいまだに今日明日の世界で生きていることを知らされるのは、夫にとってはつらいことなのだった。

「君さあ。おれたち結婚したんだよ。それはもうお互いにリプレイスできないということなんじゃないの。今日と明日で気持ちが変わったりしない、この先ずっとって思ったから結婚したんじゃないの。そうじゃないなら、君にとって結婚ってなんなの」

夫のそのような心の内がわかったのはあとになってからで、そのときのわたしは面食らっていた。軽い気持ちでしゃべったら、夫を怒らせてしまった。もはや話そうと思っていた本題も忘れた。そしてなにより、そうだったのか、結婚というものは。そんなに広い意味を含んだ約束を、わたしはすでにしていたのか。うっかりしていた、と思った。

うっかりだったので平謝りして、わたしたちはほどなく仲直りをした。

「わかったよ。結婚を信じる。これまで君のことは信じていても、結婚のことは信じていなかったよ、ごめんね。でも、君を信じる延長線で、君をそのように覚悟させている結婚を信じてみようと思うよ」

そう話していながら、自分の言葉に自分が安心していくのがわかって、ふっと怖くなる。もしかしたら意識していないところで、わたしは夫が怒ることをわかっていて、わざと意地悪を言ったのかもしれない。そうすることで、まさに夫の心を「確認」したがっていたのかもしれない。そうだとしたら相変わらずの、なんという面倒くささ。それを見抜いてこそ、夫は怒ったのかもしれない。

「確認」をしようとすることはつまり、わかっていないと明らかにすることでもある。当たり前のことであればあるほど、それがときにおもしろおかしく見えたり、「本物」でなく思えたり、そして、相手を傷つけたりするのだ。


それでもなお、わたしたちは、どうしても確認したくなってしまう。そうでなければ、いま自分のいる場所も、世界が目に見えない部分でも実在しつづけていることも、結婚も愛も恋も、自分ではない人の気持ちも、自分の気持ちさえ、すぐにわからなくなる。未知のものへと踏み出していく「旅」も確かにいいものかもしれないけれど、それ以前に知っていると思っているもののことさえ、本当はなにもわかっていない。簡単に失われる現実のリアリティを取りもどすためには、知っていることを頼りに、なんとかたぐり寄せてやるしかない。わたしたちに必要なのは、まず確認なのだ。

確認：自分のすでに知っていることや予測と、現実にある事象とを整合すること。そうすることによって、自分が現実の中に生きている感覚を取りもどす。それがあまりに失われやすいために、確認ができないことは不快であり、確認することは欲望されている。

だから花嫁がケーキを切ったとき、友だちみんなでできるだけ大きい拍手をした。そういえばわたしだってかつて、半分は形式的だったとはいえ、夫と並んでケーキを切った。そして、秋葉原が実在していることを、この自分が確かにそこに行ったことを確かめるためには、写真の一枚や二枚、撮らないといけないのだった。

確認

向かいの運転手と目を合わせるとき
われわれの頷きあうのはつまり
けして横には進まないという取りきめである
それで　ようやく正面からすれ違えるのだ

ところが船舶のばあいだ
真横にも進むことがあるというのは
それも岸へ向かって

なんて野蛮

忘れる

「ふーん」と相槌《あいづち》を打ったら、話していた夫がなにかちょっと言い淀《よど》んだ。

「うーん。まあ、どう考えても君も知ってる人ですけど……」

「うそっ。どこの人」

「サークルだね。おれと君とが入ってたサークル」

「マジ？」

聞けばマジであるという。

べつに、夫が巧妙な叙述トリックを使って話していたわけではない。わたしはびっくりしているが、それは夫の意図したところではない。双子の話をしているときだった。夫に双子の知りあいがいるというので、へえ、言われてみればわたしにはいないなあ、と答えた。すると「後輩だよ」と返されて、冒頭の「ふーん」に戻る。なにが、わたしにはいないなあ、だ。自分でふりかえってみてもひどいと思うけれど、わたしは同じサークルにいた人の存在を完全に忘れていたのだった。

あまりのことに自分でもショックを受け、必死で食いさがる。

「うそだ。わたし、その人と話したことないんでしょ。なんか話してたことある？　ないでしょ」

けれどもしばし考えて夫が言うには、わたしとその双子の男の子とがあるとき親しく話していたのを見たという。学園祭準備のための練習室で、十九歳のわたしは粗野にふるまい、男どうしで話しているような雰囲気を出していたらしい。そしてそのこともまた、まったくわたしの記憶には残っていない。顔と名前は夫に写真を見せてもらってなんとか思い出したものの、彼らの性格や声色、そして彼らに接している自分がどのようであったかということは、すでにわたしの中からそっくり消えている。

夫はわたしの人にあるまじき薄情さに呆《あき》れていたけれど、わたしにはそれよりも、自分の記憶から消えているもののかつて確かに存在したらしいある自分、というものが気にかかった。ふだんは自分の過去を覚えていることのつなぎあわせのように思っているけれど、本当はその隙間《すきま》に、わたしにも忘れられた細かなわたしが、ぎゅうぎゅうに押し込められている。そのわたしは世界から消えてなくなったわけではなく、そのことをきちんと覚えているわたしではない人がいる。指摘されてはじめて、自分にすかすかに隙間が空いていることに気がつく。

自分の輪郭《りんかく》がめまいを起こしたような感覚だった。それでいて、ふしぎに悪い気はしなかった。

それからというもの、古くからの知りあいに会うたび、かつてのわたしがどんなふうだったかについて聞かせてもらい、それを録音して収集している。話を聞くときには、他人事のように「その人はなにをしていましたか」とたずねるのがしっくりくる。自分の目撃情報を、自分で募《つの》っているようなものだ。

大学時代の友だちによれば、「サークル入って二回目か三回目かで部室にアイス食いながら入ってきたやろ。そのときから、こいつやばいな、って感じはあったよね。あとなんか、よく跳《は》ねてた。最初はわざとキャラ作ってんのかと思ったけど、しばらく見てるとべつにそういうわけでもないっぽくて、よくわからんかった。いまは全然しないやんね。よくわからん」。

通っていた高校の先生によれば、「被服実習でエプロンを作るとき、ミシンは止まってるのに、隠れてなにかほかのもの作ってた。だから、ミシンはあんまり好きじゃないけど、作ること自体は好きなんだな、って思った。ミシンの使い方がわかんなかったんじゃないかな。かといって先生わかりませんって聞いてくれるタイプでもない、ちょっと！　止まってんじゃん！　って言ったら、だってよくわかんないんだもん、っていう感じ」。

ふたたび、夫によれば、「君、みんなが集まってしゃべってるのにひとりで座って口笛吹いてたよ。当時は、あっサークルで浮いてる、めっちゃかわいそうと思ってあわてて話しかけたけど、いま思えば、君、口笛吹きたいから口笛吹いてただけなんだろうね。てかデートのたび海見たがるから不安で、飛び込むんじゃないかと思って怖かったけど、それもいま思うとただ海見たかっただけだね？」。

いずれのわたしのことも、わたしは覚えていない。彼らがそれぞれにしているわたしについての憶測が正しいのかもわからない、もはや知る術《すべ》もない。わたしの脳みそは手のひらに載《の》るほどしかなく、一度は収納したはずのことも、一歩歩くごとに端からぽろぽろとこぼしていってしまう。ふりかえった道の上には、わたしが点々とこぼれている。飛び跳ねるわたしも、被服実習をさぼるわたしも、いまにも海に飛び込みそうなわたしも、かつてはいて、いまはいない。

忘れることとのつきあいは長い。ほとんど連れ添ってきた、と言っていい。

子どものころ、宿題や持ちものを忘れるのは毎日のことで、クラスメイトの名前を忘れ、家庭訪問を忘れ、正しい通学路を忘れた。道に迷っているくせになぜか強気で長い坂を登り切り、頂上で開けた視界のはるか遠くに自分の住むマンションが見えたとき、もう帰れないのか、と思った。大学では書類の期日を忘れて教員免許を取りそびれ、そのあと取った内定も運転免許を取り忘れて反故《ほご》にし、試験日を一日まちがえたせいで大学院入試をおじゃんにした。久しぶりに知りあいと会うと、共有しているはずの思い出や共通の知りあいのこと、かつてその人とどんなふうに接していたかを少しずつ忘れていて、せめてほほえみながら苦しくごまかしている。会ったことのある人に、何度うっかり「はじめまして」とあいさつしたか知れない。

忘れていたと気がつくたび、心の中でちりっと音を立てて摩擦が起きる。過去の自分と、いまの自分との摩擦だ。忘れることによって、わたしは一貫しなくなる。わたしの主観から見れば過去から現在にかけてすらりとつながっていたはずの「自分」という一本の線に、あちこちグリッチノイズが入る。そしてあとにはやっぱり、本当はなにかがあったらしい隙間だけが残される。

唯一よかったのは、勉強を教えるときに忘れる気持ちがわかることかもしれない。勉強をするときにはどうしても暗記をしたり、すでに覚えたことを前提にして次に進んでいったりする必要がある。けれども、わたしたちは当然のように忘れてしまう。必死で覚えたことを忘れるのはむなしいものだ。ともすると、「自分には暗記は向いていない」さらには「努力というのはそもそも、報われないものなのだ」と思ってしまいそうになる。しかし思い出とは違い、本を開けば何度も覚え直すことができるのが勉強のやさしいところである。そんなふうに覚え直しをはげますときだけは、自分の忘れやすさが生徒の忘れやすさと似ることが、自分でたのもしく思えたりする。

忘れてばかりいる一方、忘れずにいることもある。もう十何年も聞いていないはずのCMソングの一節、球技大会をさぼって教室にいるとき校庭に見えたレゴブロックのような人の群れ、悪夢、そして、思い出すたびに身体的な痛みを錯覚するようなこと、こと、こと。言葉を足すほど上滑りする受け答え、肩をつかんだ他人の強すぎる手、温和な修道女の校長が、わたしを憐《あわ》れむあまり泣き出した面談室の景色。覚えていたほうがよいことはどんどん取りこぼすくせに、忘れてしまったほうがよいことばかり深々と根を張っている。

忘れることは基本的に、わたしのコントロールを超えている。「忘れよう」と意図して忘れることはできないし、かといって完璧に覚えていることもできない。かろうじて覚え直すことはできるとしても、そもそも頭に入ってくる情報は多すぎて、そのすべてを留めておくことはできない。結局、食べもののように記憶を代謝しながら、そしてわたしはおそらく人よりも多く排出しながら、ぽろぽろと暮らしていくしかないらしい。

だから、わたしの忘れているわたしを人から教えてもらうことが小気味よいのだった。隙間を埋める、とまではいかないけれど、隙間があると思い出せるだけで、自分の存在が予想もつかないところへ広がったように思えるのが。

最近はそういう年頃なのか、周りで次々に子どもが生まれている。新生児というのはいつ見てもおもしろい。つやつやの黒目、シルバニアファミリーが使うお皿くらいの爪、まだハサミを入れたことがないために先が尖《とが》った薄い髪の毛。かと思えば全身をふいごのようにして発される盛大な泣き声。新生児に会わせてもらえるたび、「こんにちは」と声をかける。「こんにちは。くじらちゃんですよ。お母さんの友だちですよ」

次に会ったときには、当然わたしを忘れているにちがいない。そんなことはおそらく誰でもわかっていて、しかしその場に居合わせた者はみな、同じようにかわるがわる抱っこをしては声をかける。彼らよりも早く生まれた義理の甥《おい》は、そろそろ五歳になる。新生児時代のことはすでに忘れていて、「もう赤ちゃんじゃないでしょ」というのを説得材料にされて言いつけを守ったりもしている。「赤ちゃんである」と思われることは、いまの彼にとって屈辱であるらしい。新しく生まれた義理の姪《めい》は彼の従姉妹にあたり、かわいいね、かわいいね、と言って抱っこしたがる。次に会ったときにもわたしのことぐらいは覚えているだろうけれど、しかし小学生にでもなれば十中八九、この日のことは忘れてしまうだろう。

わたしは、子どもが言葉や動作を覚える速度に感動するのとまったく同じに、子どもが忘れる速度にも胸を打たれる。子どもたちは軽々と覚え、そして軽々と忘れる。その出し入れのダイナミックさに、つい見とれてしまう。たいしてなにも知らないくせ、せせこましく忘れることをおそれている自分が、情けないように思えてくる。

それに彼らと接していると、彼らの記憶をこっそりとくすねている気分になる。今度は反対に、彼らがいずれ忘れてしまうであろう彼らの姿を、わたしが勝手に覚えていられるのだ。彼らが道の上に点々とこぼしたものはわたしの中に落ちて、一部、わたしのものになる。そのことが、彼らが知る由《よし》もないままに彼らの存在を押し広げ、彼らに隙間を空けていく。子どもたちを見ていると、思う。忘れながら育っていくというのは、そのときどきの自分という存在を、惜しげもなくあちこちへ渡していってしまうことではないか。

ところで、忘れやすいというのはつまり、なくしものをしやすいということでもある。二日にいっぺんは家の中で「ないっ」と叫ぶ。帽子がない、鍵がない、充電器がない、免許証がない。そのたびに夫にたずねる。すると夫、透視のごとく空中を見やり、すぐに「二階の机の上にあるよ」と言い切る。そして、九割九分は夫の言う通りの場所で見つかる。

「すごい、すごい、どうやってんの？」

こちらはかなり感心し、はしゃいで聞いているのに、夫はこともなげに答える。

「どうやってんのって。君がどう動いてたか思い出してるだけだよ」

それもまた、ふしぎに悪い気はしない。わたしの知らないところでわたしは動き、鍵を置きっぱなしにする。忘れることにいいかげん慣れてきたのか、自分の意識を外れた自分というものに、このごろどんどん鷹揚《おうよう》になってきてしまった。わたしというものが、わたしの外がわにはみ出しながら平気で生きつづけていることを考える。自分に意識できる自分というのは所詮一面的な、ちっぽけなものであるらしい。わたしの主観を超えたところでは、わたしは一本の線なんかではなく、立体として一貫している。そしてそう思うほうがむしろ、自分というものの全体をおおらかにとらえられる気がする。自分で抱えきれないだけの自分を、夫や、友だちや、ひょっとしたらわたしがすでに忘れた人たちに、無節操に預けるようにして。忘れることはときにつらくて不便だが、そのような感覚を支えているのも、まちがいなく忘れることなのだった。

忘れる：自分の持っていた情報が、不随意に自分の外がわへと押し広げられること。また、自分というもののある部分は情報によって形作られるのだとすれば、自分の存在そのものが、不随意に自分の外がわへと押し広げられること。忘れられたものは自分の意識を外れるけれど、消えてなくなるわけではない。それゆえときにあとになってやっかいごとを引き起こし、またときに忘れた者を離れたところで、忘れた者を形作りつづける。

とすれば覚えていることとは、誰かの存在を自分の中に抱え込むことになるだろうか。わたしたちは互いに自分の覚えていられない部分を渡しあい、複雑に絡《から》まりながら暮らしている。わたしがされたひどいことは、もしもその人が忘れていたとしても、わたしが覚えているかぎりその人の一部でありつづける。もちろん、逆もまた然《しか》りである。そしてまた、すでにこの世にいない人のことを思う。「死んだ者は思い出の中で生きつづける」なんていう文句を、これまでごまかし半分の単なる麗句としか思わずにきたけれど、そういう意味では正しいのかもしれない。

さて、忘れることを考えるとき、八木重吉《やぎじゅうきち》の短い詩を思い出す。

果物

秋になると
果物はなにもかも忘れてしまって
うっとりと実のってゆくらしい

（「貧しき信徒」『八木重吉全詩集2』ちくま文庫）

わたしは、この詩にあこがれる。すぐに忘れるくせ、さすがに「なにもかも」忘れたことはない。それができないから大変なのだ。自分という存在を、結局は自分自身で持ちつづけなければならないことが。だから、いつかはこの果物のようになにもかも忘れ、そして「うっとりと実のって」みたい。それからなにより、誰かの手に落っこちて、豊かな栄養になってみたいじゃないか。

忘れる

あしたのわたしに
言っておいてね
会うでしょきっと
わたし会わないから
言っておいてね　その人は
いい人だったよって
ね　言っておいてね
もう　会わないから
わたし

くさみ

料理をしていると、「くさみ」という言葉にたびたび行き合う。そして、それはだいたい悪いものとして登場する。魚に塩を振って水分を出すのはくさみを抜くため、レバーを牛乳につけるのも、豚骨を茹《ゆ》でたお湯を一度めは捨てるのも同じだ。ちなみに、三つめを「茹でこぼす」と言う。ほかの局面では見かけないけれど、質感のあるいい複合語だなと思う。ショウガやニンニク、スパイスなど、別の香りの強いものでくさみをカバーすることもある。レシピ投稿サイトで「くさみ」と検索すると、「くさみなし！」「くさみゼロ」が売り文句のレシピがたくさんヒットする。くさみとは克服する対象なのだ。

かく言うわたしもくさみを抜きまくってきた。アクを取り、ショウガを揉み込み、よけいな水分を拭き取る。ときには酢を使って「茹でこぼし」たりもする。親元を離れて料理を始めたばかりのころはくさみをおそれるあまり、長時間塩につけすぎて尋常じゃなくしょっぱい魚の唐揚げや、確かにくさみこそなくなったもののそのほかの味もまたきれいになくなった煮豚なんかが、よく出力されたものだった。基本的に、いかにくさみを抜きながらほかの味を残せるか、というのが勝負どころであるらしい。本来は複雑な味の中に混じりあっているくさみだけを、外科手術のように精密に抜き取ることができると、確かに達成感がある。

けれども一方で、くさみがあってこそおいしい、ということもある。肉や魚のくさみをおそれているくせに、くさみが好きな食べものがたくさんある。子どものころからいくらより筋子のほうが好きだし、内臓のたぐいも喜んで食べる。さざえのしっぽ、イカのわた、ほや、煮魚のめだま、鴨《かも》やダチョウや羊の肉。下戸のくせに、酒に合いそうなものばかりつるつる食べるというので、人からよく笑われる。

それに、くせのある食べもののおいしさを発見するのは楽しい。趣味を聞かれると、「嫌いな食べものを克服することです」と答える。これまでありえないと思っていた食べものが、一度克服してしまうとにわかにおいしくなってくる。それも、違う味に感じられるのではなく、あくまで同じ味のまま、受け取るわたしのほうが変わっている。それがおもしろいのだ。だから、好きになれるかはわからなくても、出会うたび一度口に入れてみる。何度食べてもだめなものもあるけれど、ときどき克服できるものもある。最近は強敵だった生のサーモンを克服した。どうしても風味が苦手だったけれど、生のトマトと取り合わせたものを食べて以来、その風味こそがおいしい気がしてきた。

思うに、くさみにも種類があるようだ。料理が好き、それ以上に食べるのが大好き、という程度の素人なりに分類をしてみたい。

まず生鮮食品なら、鮮度が落ちたときのくさみ。これには衛生上の問題があり、軽々しく「くさみこそおいしい」とは言いづらい。最近は熟成肉なんていうのもあると聞くけれど、素人の台所ではなおさら手が出せない。次に、鮮度にかかわらず素材そのものが持っているくさみ。魚介やホルモン、それからにんじんやピーマンの青くささ、人によってはきのこにもくさみを感じるらしい。下ごしらえの不手際によるものもあるだろうけれど、避けようがないものも多い。そして、これはややもすればおいしさになる。わたしからすると、もっとも克服しやすい。

それから、加工食品や料理のくさみ。中でも発酵がからむものはだいたいおいしい。チーズ、納豆、熟《な》れ鮓《ずし》、アンチョビ。ただ、こちらも衛生面が怖い。発酵と腐敗とにさしたる違いはなく、人間にとって都合がいいかどうかで決まると言うからおそろしい。苦手さを克服できることもあるけれど、先に挙げた素材のくさみを克服するよりも、そのぶん一段ハードルが高い印象がある。

整理しよう。くさみには、鮮度の悪いくさみ、素材そのもののくさみ、加工や発酵によるくさみがある。ただ、取り立てて「くさみ」と言うときには、やっぱり真ん中の素材そのもののくさみを指すことが多い気がする。ほかのふたつのことは、単に「におい」と呼べばいい。けれど素材の持っているある味には、「くさみ」としか呼びようのないものがある。そしてそれが、下ごしらえや取り合わせによって、ときに勢いよくおいしさへと反転する。

くさみ：食べものに感じる複雑な味の全体から、食べたものを不快にさせる味だけを抜き出した言葉。中でもとくに、素材がもともと持っている不快な風味。料理をするものにとって、また食べるものにとって、くさみは克服する対象である。くさみは、抜き取ることやほかの風味でカバーすること、そしてくさみ自体をおいしさととらえてしまうことによって、克服することができる。

携帯ショップの浅いソファに座って、クレジットカード新規契約の案内を見つめながら、うっすらとそのことを考えていた。担当についた店員は手続きについて店長に確認をしに行っている。向こうの机にはおばあさんが座っていて、説明する女性店員の声はだんだん大きくなり、敬語も外れていく。店頭に立っているペッパーもなにかしゃべりつづけている。なにをしゃべっているかまでは聞きとれない。店の外をゆく人に話しかけているようでありながら、ときどき身体の向きはそのままに首をぐいっとひねってこちらを向き、しばしそのままぴたっと固まるのが怖い。目があっているような気もする。

店員がこのまま戻ってこないでほしかった。同い年か、少し年下に見える男性店員。長めの髪の毛には細かいパーマがかかっていて、明るい声だった。機種変更にあわせてクレジットカードの契約をすればキャッシュバックが得られ、さらにそのカードを支払い方法に登録すると月にいくらか使用料が割り引かれる、ということを早口で説明しながら自分でくりかえしうなずき、うなずくたびにこちらの顔を覗《のぞ》きこんだ。彼が近くに来ると、香水かなにか、重たい他人のにおいがした。

人間のくさみ。

嗅覚が過敏なほうだからか、誰かのことを苦手だと思うと、まず鼻が反応する。いちばんに不快に思うのは、かならずにおいだ。それから坊主憎けりゃ袈裟《けさ》までの要領で、声色、表情筋の動きかた、小さなしぐさや口ぐせ、相手が無意識におこなっていることのひとつひとつが、わたしの感覚を刺激しはじめる。くさみだ、と思う。人間のくさみだ。素材の持っているある味、不快な味、克服すべき味。しかしそうだとしたら、これもどうにかすればおいしさに転じることがあるのかもしれない。

結局、クレジットカードの登録はしなかった。登録に必要なウェブサービスの名前が旧姓のままになっていて、それを変える方法が誰にもわからなかったからだ。もとより断るほうがおっくうというだけで進んでいた手続きだったから、はじめて自分の改姓がありがたかった。そのことを説明する店員は、首を上下ではなく前後にゆらしながらわたしに謝り、そのあいだもやはり、くさみはおいしさを伴わない、単なるくさみのままだった。帰りぎわ、ペッパーは中空をじっと見ていて、ぜんぜんこちらを見なかった。

それでどうにか持って帰った新しいスマートフォンに、ＬＩＮＥが届く。学生時代の後輩からだ。このあいだ久しぶりに会ったときにうっかり打ち明けられてしまったせいで、わたしはなぜか彼女が不倫をしていることを知っている。彼女も愛人も結婚をしていること、さらにはふたりの配偶者を含めた四人が全員お互いに知りあいであること、ふたりの関係が誰にもばれないまま、かなり長くつづいているということまで。ＬＩＮＥをくれたのは、その愛人のほうが一方的に関係を終わらせようとしていて、やきもきしているからだという。

はじめは「そうかあ」とか「こえー」とか相槌程度の返事をしていたけれど、やりとりが三日を過ぎたころから、だんだん気がめいってきてしまった。だいたい不倫の相談というのは聞いていて元気が出るものではない。無責任な友人として、訴訟や病気に気をつけてね、ぐらい言ってやることはできるけれど、しかしその程度の返事をしているだけでも、なにか重大なことに加担させられているような気分になってくる。手を組んで彼女たちの家族にひどいことをしているのは、わたしも同じなんじゃないか。いや、でも、日ごろ芸能人の不倫の報道なんかを見ると、大人なんだから当人の問題にしておきなさいよ、なんて思っている、まさにその距離感でいればいいんじゃないか。いやいやしかし、彼女の話を聞いているかぎり唯一の相談役であるわたしという立場はもう、ほとんど当人の一部なんじゃないか。仕事の合間に「へえー」とか言っているだけでいいんだろうか。わたしに負うべき責任はないとしても、その負わなさこそがむしろ、わたしのしている悪事そのものなんじゃないか……こちらがぐるぐるとしおれてくる一方、当の本人は終始どこか楽しそうなことも、ますますわたしの生気を奪うのだった。返信はどんどん適当になったけれど、こちらの心中を知ってか知らずか、彼女は相談を送りつづけた。

そのあまりヘルシーでない均衡を崩したのは、四日目に彼女から送られてきたひとことだった。

「人を不幸にしてしまうのはわかってるのに、なんでこんなことしちゃうんですかね笑　サイコパスなんですかね？」

そこで、突然ぜんぶがどうでもよくなった。この話の陰で不幸になりかねない誰かのことを、これまでわたしと後輩とは話さずにきた。わたしの中ではそのことを、せめてもの彼女の良心のように思ってきたのだった。しかしそれさえこんなふうに楽しげに、自分の特異さに引きつけるかたちで語ってしまえるのだとしたら、もうわからない、と思った。

「いやふつうに、ふつうの人間程度に利己的なんでしょ。みんな利己的だから他人を不幸にしなくてすむようなんとかがんばってるところ、そうしてないんでしょ」

勢いにまかせてそう返事をしたのを最後に、ぱたっとやりとりが止まった。学生のころから、相手が自分を拒絶する気配はひと一倍するどく見抜く女だったことを、送ったあとに思い出した。自分で怒っておいて、しばらくするとつらくなってくる。ここ数日間のいやな後味が口の中に残っている。彼女から届いた行為の報告、文末にいつもついている「笑」、愛人との会話のスクリーンショット、会ったときに見せてもらった愛人の写真、ワックスのついたその前髪。生ぐさいような気がした。よく知った女と知らない男。ふつうの人間程度に利己的な、その、素材そのものの。そして、これまでなあなあに話を流してきたくせに、そして心のどこかでは彼女の放埒《ほうらつ》さをおもしろがってもいたくせに、なんの前ぶれもなくけんもほろろにふるまって、それでしっぽ切りのように許された気になっている、このわたしの、ああ、人間そのもののくさみ。

そのあと時間を空けて、なにか短いＬＩＮＥが届いていたけれど、返事をしないままになっている。

さて、わたしたちそのもののくさみは、果たしておいしさに転じることがあるだろうか。とうてい無理な気がする。さざえや、ほやや、ラムのように、簡単にはいかないだろう。ただ、仕事で子どもたちと接するとき、ときどきまさに「人間そのもののくさみ」と呼ぶべきものに直面させられる。子どもは純粋だと言う人がいる。それにはかろうじてうなずけたとしても、だからかわいいのだとか、だから心を動かされるとか洗われるとか、そういうことを言われると首をかしげたくなる。子どもは確かにある意味では純粋だが、それは悪い部分を持っていないという意味ではない。反対に、悪い部分が混じり気なくあらわになっているのが、彼ら彼女らの魅力と言っていい。

子どもはときにとても怠惰《たいだ》で、楽をするためにこちらをごまかそうとする。それでいて、ずるしぶとくほめられたがってもいる。そのためならほかの子どもを出し抜こうとしたり、ずるをしようとしたりもする。大人ならぐっとこらえるところを、子どもは大声を出し、あからさまにいじけ、安いうそをつく。その欲望のぎらついた強さに、ときにぎょっとさせられるほどだ。けれど、彼ら彼女らを見ていて、子どもはよくないものだ、とは、まったく思わない。そもそも人間はよくないもので、そのありようがよりあらわれているのだ、と思う。下ごしらえを欠いた、人間そのものの風味。それが、子どもたちの味わいである。それでいて、携帯ショップの店員に思ったように、また後輩に思ったように、子どもたちを不快に思うことはない。下ごしらえのすんだ大人の態度よりも好きだと思うほどだ。

どうしてだろう。まだ未熟だと思って、なにも期待していないからだろうか。あくまで他人にすぎないからだろうか。そのどちらも、ある部分では合っているかもしれないけれど、しかし完全な正解とは思えない。

もしかすると、と思っている、ひとつの仮説がある。

わたしが外の仕事で遅くに帰ってくる日、夫はだいたい眠そうに待っている。日ごろ早くに眠るふたりだから、わたしの帰りが遅い日には、平気でいつもの就寝時間を超えてしまう。いちにち離れて過ごしたぶんやさしくしてやりたいと思うのに、わたしのほうは疲れ果てていて、どうもそれがうまくできない。作っておいてくれたごはんを食べ、ひとことふたこと、今日あったことを話していながらも、夫が眠そうなことが忍びなく、それでいてさびしくなってくる。

「待たせてごめんね。早く寝たら？」

そう話しかけてみてから、自分の言葉の端に、自分自身でとげとげしいものを感じる。自覚すらできているものを夫が感じていないわけもなく、ときどき、それでけんかになった。夫からしてみれば、眠いのをおして待っていたにもかかわらずわたしの機嫌が悪いことに納得がいかない。しかし言わせてもらえばわたしだって、わたしの機嫌が悪いことに納得がいっているわけではない。本当はこの少しの時間を、おだやかに、ゆかいに過ごしたい。それなのに、夫の眠気も、自分の疲れも、さびしさも、結果起きたこのけんかも、すべてがそれをじゃましているように思える。

いや、本当の本当には、もっとたくさんの時間を夫に費やしたいのだ。夫が大切で、しかし夫ではないものも大切で、一日がとても早く終わるように思える。そして、夫の一日はそれよりさらに早くに終わろうとしていて、それがくやしい。そして、夫が大切だからといってともするとほかのところをないがしろにしたくなる自分も、かといって待っていてくれる夫のほうに皺寄《しわよ》せを送ろうとする自分も、どちらも許せない。うまくできない、うまくできない。

結局、もともとが実のないけんかだと、やりあったところでたいした結果は生まない。ふたりほうほうのていで布団に潜り込む。電気を消したあと、やっとひそひそと謝る。

「ごめんね。ほんとは、自分の、いいところばっかりきみにやりたいのに」

そのときも、やっぱり食べもののことを考えていた。頭の中に、アンパンマンのように自分の身をあちこちに分配する自分の姿が浮かんでいる。わたしは一日歩き回って、自分の時間や心を、疲れ果てるまでいろんな人にやってしまった。ただしわたしの肉はパンではなく、ちぎるときちんと血がしたたり、あとには内臓や骨が見えてくる。

「君に、わたしの中トロとか、もも肉とか、そんなものばっかりやりたい。でも、そういうのはぜんぶ外で別の人にあげてきちゃって、きみにはワタとか、鶏ガラとか、そんなものしか残ってない。ごめん。くやしいよ。どうしたらいい？」

わたしとしてはしんしんと告白したつもりだったけれど、夫はあっさり、

「ま、いいよ。逆にツウみたいなところあるよ」

と言いのこし、そのまま眠ってしまった。

このやけに気の利いた返しに、わたしはしばらく暗がりで呆然《ぼうぜん》と考え、やがてひとつの結論に至って、あとを追うように眠った。目が覚めたら、お互いにもう昨日のけんかについては話さなかった。

結論というのは、この人はわたしを好物だと言いたいのだな、ということだった。さんま

を好きな人がワタまで食べ尽くしてしまうように、そしてなんならそちらのほうが醍醐味《だいごみ》であるなんて言うように、わたしのどうしようもないところ、くさみのあるところを、少なくともおもしろがろうとしてくれているんだな。

そしてやっぱり、わたしはまず、子どもたちのことが好きなのだった。子どもという存在自体が好きとは思わないけれど、知りあう子どもたちのひとりひとりのことは、ふしぎに親しく思う。つまり、好きになってしまうことが先にあって、そのあとにはじめて、彼ら彼女らの放つ人間そのもののくさみが、むしろ魅力に思えてくるのだ。苦手に思うことが先にあって、そのあとに重たい香水のにおいが鼻を衝《つ》くように。食べられないものを克服するときだってそうだ。一度おいしいと思ってしまったあとから、「くさみこそ、おいしい」がついてくる。

あの携帯ショップの店員に無二の親友がいたとしたら、その人にとって、彼の明るい声や早口、そしてあのにおいは、近くにあるだけでほっとするような、うれしいものだろうか。うーん、確かに、ツウだね。その人はツウで、そしてわたしは、ツウじゃないな。

くさみ：あるものが持っている、ときに人を不快にさせる性質。そのもののことを嫌いなときはなおさらに気になる一方、そのもののことを好きになると、それさえ好ましく思うこともできる。受け取るものにとって、そしてそのもの自体にとっても、くさみは克服する対象である。

自分のくさみを誰かにおいしがってもらえるのはありがたいとはいえ、自分ではそうしたいとは思わない。やっぱり、なんとか抜き取るか、せめてカバーしたい。塩づけにするなり、胡椒《こしょう》をふるなり、カンカンに沸《わ》きたつ鍋で茹でこぼすなりして。

新品のスマートフォンの画面を見ながら、一度、ため息をつく。そうだ、取り合わせ。取り合わせがよくない。他人を不幸にすることも、「結婚」というものがたやすくくずれてしまうことも怖くてたまらないわたしと、そんなおそれとは無縁な彼女。ＬＩＮＥというのもよくないし、卒業してからほとんど連絡を取っていなかったのに、急にこんな重い相談を持ちかけてくるのもよくない。それから、わたしがたまたま忙しくて、余裕のないときだったのも。

すっかり忘れていたけれど、彼女のそういう厚かましさが、もともとはけっこう好きだった。当時から目があえば男性に手をつけ、同じコミュニティの女性に総スカンにされていたけれど、それでもわたしだけが彼女とつるみつづけていたのは、その規格外ぶりが魅力的でもあったからだった。はじめに愛人について打ち明けられたときにはそれがなんとなく懐かしくて、わたしも調子よく話を聞いてしまったのだ。はあ。気が重いけれど、なにか、返してやろうか。まあ、食べものでさえ、大人になってから食べられなくなるものもあると聞く。

彼女の家族や、彼女の愛人の家族が不幸になるのは、わたしにとってつらい。けれど、かといって彼女が不幸になるのも気持ちよくない。好きになれるかはわからないけれど、まずはもうひと口、口に入れてみようか。

くさみ

血を分けたきょうだいと言われるたび
ぼくがはじめに母からもぎとった果物の
手のひらをあふれるほどのうすむらさきの滴りに
横から伸びてきたあなたの舌のことに
またまんまとそれにありつかせてやった
自分の素朴すぎる寛容のことに思いいたる
姉さん　ぼくはよいことしましたか

好きになる

目を覚ましたら新しいプレイリストができていた。年末になると音楽のサブスクリプションサービスから通知が届いて、この一年どんな音楽を聴いてきたか教えてくれる。それが来たのだ。

わくわくしながらリストを開いて驚いた。今年のわたし、ぜんぜん音楽を聴いていないじゃないか。確かに、秋のはじめにCaribouというカナダ出身のアーティストのアルバム『Suddenly』にのめり込み、家ではそればかりリピートで流していた記憶はある。電子音のリズムにシンプルな歌詞が乗ったエレクトロニカで、くりかえし聴いているとうっとりなってくるのだ。今年になって書くことと読むことの比重がぐっと増えたし、音楽を聴くときくらいはこのくらいの意味の重さがちょうどいいわ、なんて思ってもいた。

しかしだからと言って、ここまでその一枚しか聴いていなかったとは。自分の再生数ランキングを順に見ていくと、『Suddenly』の曲が上位を占め、そのすぐ下にはもう、いつ聴いたかも覚えていないような、さして思い入れのない曲が並んでいる。具体的な数字は見えないがおそらく、全体の再生数が少ないために、数回聴いただけの曲までランクインしてしまっているらしい。

これはショックだった。そこまで詳しいわけではないとはいえ、しかし自分は音楽が好きだと思ってきた。ときには一曲に心底から震え、ライブハウスに足を運び、人生の大事な局面にいくつかの音楽を置いてきた。というか、かれこれ十年ギターと組んで朗読のライブなんかもしているわけで、自分でも音楽活動をしてきたと言っていい。わたしは音楽と共に生活してきた、という、一応の自負があった。それが、たった一枚のアルバムで、一年を過ごしてしまったなんて。

本に置き換えてみるとぞっとする。一年に一冊しか本を読まなかったとしたらそれはもうたいへんなことで、わたしがこのわたしであるというアイデンティティがなくなる気がする。しかし、音楽ならそれができてしまった。本ほどではないにしろ、やっぱり「このわたし」というものに、ちりっと傷がついた気がした。めそめそと思ったことには、こうだ。

わたし、そこまで音楽が好きなわけではなかったのかもしれない。

何人かの音楽に詳しい友だちの顔が浮かぶ。なぜか詩に詳しい友だちよりたくさんいる。あーあ、彼らは今年も浴びるほど音楽を聴いて、ときに震え、生活を共にしたんだろうな。

音楽が好きかと訊《き》かれても、きっとわたしのようにうろたえず、自信を持って答えられる——そこまで考えて、ふと立ち止まった。

音楽に詳しい知人の代表が、大学時代の悪い友だち、エスちゃんだ。わたしと同じくらいそそっかしくて、しかし同時に同じくらいこだわりが強く、同じくらいコミュニケーションが不自由で、なにより同じくらい性格の悪い、かわいい友だち。十年来のつきあいで、わたしの聴くアーティストの半分くらいはエスちゃんに教わった気がする。ちなみになにを隠そう、この本の最初に登場した「語義」の友だちこそ、ほかでもないエスちゃんである（だからこうして「友だち」と書いている）。

「エスちゃんは、さああ」

ひとりで家にいるとき、わたしとエスちゃんとはときどき電話をする。お互いに家事や事務作業をしていて、ひどいときは片方が知らぬ間に眠っていたりして、押し黙っている時間も多い。そのときもしばらく沈黙がつづいたあとだった。

「なによ」

「音楽のこと好き？」

「えなに。誰やねん」

「音楽のこと好きですか？　って訊かれたら、なんて言うのよ」

いきなり問いただされていぶかしみながらも、エスちゃんは一度うーんと深くうなって、

「まあ、」と答えた。

「まあ、好きということでいいんじゃないですかね……」

思った通りの答えだった。

「おっ。迂遠《うえん》」と喜んでいると、すぐに
「なんなん君は」と突っ込まれる。気持ちはわかる。しかしわたしはこの答えを聞きたかったのだ。わたしから見て、エスちゃんが音楽を好きでないはずがない。音楽と共に、というか、ほとんど音楽の中を生きているように見えるエスちゃんだ。しかし、いざ好きかどうか訊かれたら、すんなり答えるはずないと思っていた。わたしだってそうなのだ。詩が好きかと訊かれたら、否定こそしないものの、「まあ、そうですかね……」というようなことを答えるだろう。「まあ、はい、そうなりますかね……」。

この歯切れの悪さはどこから来るのだろう。思い当たるとしたら、「詩が好きです」と言い切ってしまうことで、わたしのそのほかの行動にまで説明がすんだと思われるのがいやだ、ということだろうか。詩が好きであるとしても、だから詩を書きつづけているのかと訊かれたら、それだけではない気もする。だから詩人を名乗っているのか、となるとなおさらに違う。詩が好きだから、というだけではすまないことがたくさんあるのに、「好き」という言葉はあまりに根源的に聞こえて、ともするとそれ以上先がないように思われてしまう。

それがわかっていて、わざと悪用することもある。

「どうして結婚したんですか?」

「夫のことが好きだからです」

これである。本当はほかにもあれこれややこしく考えてはいるものの、だいたいの場合、相手はそこまで詳細に関心がないこともわかっている。そういうときにはこのひとことですませてしまう。これさえ言っておけばそれ以上追求されることはない。ひょっとすると意味の問題以上に、わたしに答える気がないと悟り、気をつかってくれているだけかもしれないが。

そう思えば、「好き」というのは底である。それ以上更問《さらと》いをしても意味のない、説明不可能なこと。対象と出会ったきっかけぐらいはあるかもしれないけれど、好きになる理由そのものとは違う。あるものを好きになっても、よく似た別のものはどうも好きになれない、なんていうこともよくある。わたしたちはふだん、好きになることをあまり説明できない。だからあえて「好きだ」と表明することさえ身も蓋もない感じがして、わたしもエスちゃんも、つい口ごもりたくなるのかもしれない。だとしたら、わたしは音楽を好きなのかどうかと悩むことも、たいして意味のないことだろうか。

それでもなんとなくさびしくなって、ずっと前から好きな音楽が聴きたくなった。日に日に寒さが増してもいる。それで、椎名林檎さんのファーストアルバム、『無罪モラトリアム』を聴きはじめた。冒頭「正しい街」のイントロ、歌詞より前にかすれたヴォーカルが流れてくると、上京を描く歌詞とは反対に、故郷に戻ってきたような気分になる。

十代のころからいままで、ほかのどのアーティストより、彼女の歌声を聴きつづけてきた。ソロの曲も、バンド「東京事変」の曲も、擦り切れるほど聴きまくった。洒脱《しゃだつ》で挑発的な歌詞、ミュージックビデオの髪型や表情、太く突き刺さってくるような声。なにもかもにめろめろだった。養ってきてもらったと思うくらいだ。

高校生のとき、生まれてはじめてライブにも行った。横浜アリーナに最初のひと声が響いた瞬間ほにゃほにゃと泣けてきて、遠く離れた客席にいるのに、ステージライトで目が灼けた気がした。照明がまぶしかったからではない。あこがれのあまり、その一瞬めまいのように、自分がステージに立っている錯覚をしたのだった。帰ってきたら熱まで出て、翌日は学校を休んだ。

昔　描いた夢で
私は別の人間で
ジャニス・イアンを自らと思い込んでいた

というのは椎名林檎さんの「シドと白昼夢」の歌詞だが、十七歳のわたしにとって、彼女こそがまさにそういう存在だった。下校の時間はいつでもうんざりしていて、息切れしなが

ら路線バスに乗り込み、すぐにイヤホンをつける。待ち望んだ声が「すべてを手に入れる瞬間をごらん！」と歌うと、それはわたしの声のように思えた。内向的なあまりほとんど閉じられていたわたしの喉が、そこではじめてかすかに震え、息をする。

「シドと白昼夢」の歌詞はそのあと、

——現実には本物が居ると理解《わか》っていた——

とつづく。高校時代から十年以上が経ったいま、ひとりの部屋でその曲を聴いて、思う。わたしはどうだっただろう。「現実には本物が居る」ことを、きちんと「理解って」いただろうか。あのころのわたしにとって、椎名林檎さんを好きだと思う気持ちはすなわち、椎名林檎さんと自分とをまちがえることだったのだろうか。

好きになることはアイデンティティの問題、つまり「このわたし」というものをどのようにとらえるか、という問題でもある。プロフィールに好きなものを並べて書くように、わたしがなにを好きか、もしくはなにを嫌いかという情報は、このわたしの一部分をなす。ある対象を好きになるとは、そのものを好きな自分をよしとすることでもある。だからこそ、音楽を聴かなかった自分が、すでに持っていた自分の像と食いちがって、少なからずショックを受けたのだ。

そして、ひとつのものがあまりに大部分を占めたとき、うっかり自分と対象とがないまぜになってしまうのかもしれない。であるとしたら、わたしの誤認にも辻褄《つじつま》があう。思えばあこがれのアーティストだけでない、身の回りの対人関係でも、似たような失敗を数々してきた気がする。

しかし果たして、それが好きになることの根幹と言えるだろうか。どうもそれだけでは足りない気がしてならない。

横浜アリーナの帰り道を、いまでもよく覚えている。会場を出た観客がいっせいに駅に向かい、列になってゆっくりと歩いた。入場のときは出ていた陽もすっかり落ちて、さっきまでのまぶしさとは対照的に、夜の道は暗かった。余韻を押しとどめるようにイヤホンをつけ、ライブのセットリストを再現するプレイリストを編集しながら、わたしは思っていた。ああ、椎名林檎さんのことが、こんなにも好きだ。

それは、ライブ中には頭に上らなかったことだった。二月の冷えた暗がりに立って、わたしはようやく誤認から離れ、自分自身に戻ったのだ。そこではじめて好きになる瞬間が訪れたように思う。ライトに目がくらんで、自分の存在を忘れ去っているときではなく。対象がなんであれ、好きになるためにはわたしという主体が必要である以上、当たり前のことかもしれない。

こう言うことはできないだろうか。対象と自分とを一体にし、自分というものを見失ってしまえば、なにかを好きになることはできない。好きなものそのものではない自分という位置に立ってはじめて、そのものを好きになれるのだ。自分自身でないものをしか食べることができないように、自分自身でないものをしか、わたしたちは好きになれない。このごろよく耳にする、「自分を好きになる」というときには、自分をも他者とみなしているにすぎない。

好きになる：自分の一部にしたいと思ったものが、しかし自分ではないとわかること。それでいて、他者であるそのものを好きな自分、つまり対象そのものではありえない自分を、よしとできること。

「詩は好きですか」と訊かれたら、やっぱり「まあ、はい、そうなりますかね……」と答えることだろう。説明しきれないことまで読み取られてしまうのをおそれるから、だけではない。詩はもはや自分の一部になってしまって、好きかどうかを自分自身で判断できないからだ。好きになるためには、まずほどほどであることが必要だ。対象に入り込みすぎず、あくまで自分の立つ場所から「好き」をはじめる。なにかを好きになることが自分を形作るとしても、それは自分とそのものとの境目がなくなることを意味しない。わたしが椎名林檎さんではないように、そしてほかの好きな人の誰でもないように。

ここからはへりくつである。エスちゃんはおそらくもう半分くらい音楽になってしまい、音楽のことが好きかどうかがはっきりわからなくなっているにちがいない。それはそれですてきだと思うけれど、しかしむしろ音楽と離れたところにいるわたしのほうが、音楽を好きだと言いやすい立場にいるのではないか。一年間にアルバム一枚を気に入ったくらいの、どうだろうかこの、音楽に対する冷静な立ち位置は。かえって堂々と、音楽が好きだと言い切ってみるのはどうか。まあ、それは若干無理があるにしても、少なくともささやかなアイデンティティの喪失で悩むことはないのではなかろうか。

さて、好きになることにはほどほどであることが必要だと書いた。しかしときに、そのほどほどが、もどかしくなることがある。なにごとも適度がいいのはわかっていても、しかしなんでもかんでもそううまくいくもんか。相手と自分の境目なんてくそくらえ、冷静な自分なんてとっとと忘れてしまって、なにもかもごちゃ混ぜにしたい。自分が対象そのものになれないことが悲しい、悲しい、はやく一緒くたになりたい……そういう逸脱の衝動に駆られたとき、わたしたちは、「好き」に代わる言葉を引っぱりだしてこないといけなくなる。

そこでやむなく、あの剣呑でよくわからない、「愛」なるものに行きあうのだ。

好きになる

人質は多ければ多いほどよい
しかし誰でもいいわけではない
換えの利かないたったひとりであるほどよい
交渉をうまく進めるためには

世界はそう言って
つつがなくわたしを
引き止めることに成功する
こうしてわたしたちはおたがいの人質になり
財布の底を見つめて暇をつぶしている

恋（前編）

しかしまあ、愛がなにかを言おうとすると、なにか言う前からもう胃もたれしてくる。どうも気が乗らない。もちろん、簡単には手出しできない強敵だから、ということもあるけれど、もっと明確で、しょうもない理由がある。

ここまでいろいろな言葉を取りだしては定義をしてきた。定義をするのはおもしろい。どんな言葉であっても考えているうち、単に言葉の上の問題を考えるということを超えて、現実に起こっていることごとを素手でさぐっているような感覚がある。実際のところ現実はすぐにわたしの言葉をこぼれ、定義をしそこなうばかりであったとしても、その手ごたえはいいものだ。けれども、この「定義」遊びの中で唯一やりつくされていて、そして語るに値しないものがある。

それが、「恋と愛との違い」である。

愛のことを言おうとするとき、つい恋に言及したくなるのはどうしてなのだろう。言及するだけならまだしも、そのふたつを明確に呼び分けたくなるのは。ポップソングや学生のおしゃべりやSNSに流れつく格言で、誰でも一度はふれたことがあるだろう。漢字の形にかけた「恋は下心、愛は真心」なんかはまだひらめきのおもしろさがあるとしても、「恋はひとりでもできるけれど、愛はふたりでないとできない」「恋は自分と同じ部分を好きだと思うけれど、愛は自分と違う部分を好きだと思う」みたいなところへくるといよいよ不気味さが増す。「恋は自分の幸せを願うけれど、愛は相手の幸せを願う」なんて、ほとんど言いがかりである。

そして、言いがかりをつけられるのはいつも恋のほうだ。巷《ちまた》にあふれる恋と愛の定義は、かならず「けれど」で接続される。違いを語る以上しかたのないこと、とも思えるけれど、しかしなにかそれを超えたかたくなさがないだろうか。わたしには、「恋と愛の違い」を語る言葉のほとんどが、「恋と愛の違い」そのものとは関係のないことを語ろうとしているように思える。「恋と愛の違い」を言うときに彼らのしているのは、実際のところ、愛のキャンペーンにすぎない。愛をいいもののように見せるというただそのことのために、たまたま近くにあった恋が引きあいに出される。恋がどれほど浅はかで、自分本位で、未熟なものであろうと、愛というもののよしあしとはまったく関係がないはずなのだが、しかしふたつ並べて一方をほめ、一方をけなすことで、まるで愛についてなにか言えたかのような言い切りの体をなしてしまう。恋がなにであるか、そして愛がなにであるか、という問題は、はなから彼らの興味を外れているのだ。
それがよくわかるのは、しばしば言われる「互いに見つめあうのが恋、同じ方向を見つめるのが愛」というもので、これには出典がある。おそらく、サン＝テグジュペリ『人間の土地』に出てくる有名な一文が元になっていると思われる。しかし、わざわざ言うのもばかばかしいけれど、サン＝テグジュペリが恋と愛の違いを説いたわけではない。原典はこうだ。

手の届かないところにある共通の目的によって同胞と結ばれたとき、僕らは初めて胸いっぱいに呼吸することができる。経験によれば、愛するとは互いに見つめあうことではない。一緒に同じ方向を見つめることだ。（渋谷豊訳、光文社古典新訳文庫）

『人間の土地』はパイロットでもあったサン＝テグジュペリの自伝的エッセイで、長距離飛行の失敗による砂漠での遭難や、新聞社の特派員として取材したスペイン内戦、そして人間や現実の本質的なありように対する洞察が書かれている。この箇所がおさめられているのは、とくに戦争についての記述の多い「人間たち」という章だ。あとにはこうつづく。

―― 同じザイルに結ばれて、ともに頂上を目指すのでなければ、仲間とは言えない。向 ――

き合うのは頂上に着いてからでいい。そうでなければ、どうして快適な生活を保障されたこの時代に、砂漠で最後の食べ物を分かち合うことにあんなに満ち足りた喜びを感じるだろう。（同前）

飛行機が墜落し、渇きに苦しみながらリビア砂漠を歩いているとき、奇跡的にひとつのオレンジが見つかる。サン＝テグジュペリはそれを、共に遭難していた仲間のプレヴォと半分ずつ分けあう。

またマドリッドの前線の夜、出撃を命じられた伍長がほほえみを浮かべていることに驚きながらも、「僕には死地に赴く君の気持ちが理解できた。（中略）ここでは自分自身を完成に導いていると感じ、普遍的なものに合流することができたのだ。のけ者だった君が愛に迎え入れられたのだ」（同前）と述べる。そのあとに、愛についての先の一節が語られるのだ。

言うまでもなく、ここでの「愛」は「同胞」について書かれたもので、恋とはまるで関係がない。少なくとも、恋とは関係のない愛までをはるかに広く含んでいる。それにもかかわらず、この一文だけが格言として伝言されていくうち、「愛」という単語がもとの文章からひとり歩きして、恋愛を語ったものとして解釈されるようになってしまったのだろう。あとは例によって「愛」ではないものとしての「恋」が持ち出され、「互いに見つめあうのが恋、同じ方向を見つめるのが愛」へと合体してしまうのも想像に難くない。捏造《ねつぞう》である。

それほどまでにわたしたちは、恋と対比した愛の話をしたいものだろうか。そして、そんな不正をしてまでもまだ、わたしたちは愛についてなにも言えていない。

教育についてのオンライン勉強会で、何人かのディスカッションに参加したことがある。テーマはずばり、「教育とはなにか」。お題が出た段階で、わたしも頭の中であれこれ考える。定義遊びだ。直感的には、教育をするためにはまず、少なくともふたりが必要である。ひとりで本を読んで勉強することを「教育」と呼ぶことは少ない。呼べることがあったとして、そこには読み方を教えた者とのふたり、もしくは本の著者とのふたりの関係が背景にあると言えそうだ。ではどのようなふたりであれば、「教育」が成り立つと言えるだろうか。年齢差や上下関係は必要だろうか、持っている知識や技術の差はどうだろうか、かならずしもそう言い切れない場合があるとしたら……。

こんなふうに考えるのはおもしろかった。ところがいざ蓋をあけると、「教育とは、楽しむものである」とか、「教育とは、学びあいである」とか、「むしろ教育者のほうが生徒から教わるものである」とか、出てくるのはそういう答えばかりだった。みんな自信にあふれていて、お互いに同意しあっている。わたしはと言えば、さっきまで話してみたいことにあふれていたはずが、にわかに内気になってしまった。だいたいグループディスカッションというものは、わたしをほぼ百発百中で内気にさせるのだった。彼らの話している内容に同意できるかどうか、というより、そのかなり前の段階で置いていかれていると思った。「はー」とか「まあ、まあ」とか言ってやり過ごし、オンライン通話アプリを閉じたらようやく、部屋にしずかさが戻ってきた。そのしずかさの中で結論づけたことには、こうだ。「教育とはなにか」を問われた時点で、暗に「(あなたのよいと思う)教育とはなにか」を問われていたのであって、本来それを答えなくてはいけなかったのに、わたしだけがばか正直に「教育とはなにか」のところで足踏みしている。

自分のこういう不器用さには嫌気がさす。けれども同時にある部分では強気で、こうも思う。「教育とはなにか」と聞かれたら、やっぱりまずは「教育とはなにか」を語るべきではないか。それを語りのこしているうちは、「よいと思う教育について」は、語りだすことさえできないのではないか。

「仕事」を「志事」と書く人がいる。誰かにやらされるだけの仕事から、自ら「志《こころざ》して」やる仕事を区別することが目的らしい。「恋は下心、愛は真心」に似た、「シ」の音にかけたトンチだ。「恋と愛の違い」ふうに「けれど」を接続に用いて言えば、「仕事は誰かにやらされるけれど、志事は自ら進んでやる」ということになるだろうか。キャンペーン。ただ愛とは違って、仕事をよいものとして語るためには、「仕事」という言葉がすでに持ってしまっている暗い面、あまり好ましくない面を取りのぞく必要がある。そのためには、外からイメージのよい字を持ってきて、無理やりにでもくっつけるしかなかったのだろう。

「顔晴る（頑張る）」「人財（人材）」にしてもそうだが、このようなキャンペーン的語彙を、わたしはあまり信用しない。けっきょく、仕事の悪い面、頑張ることの悪い面、人を「人材」として働かせることの悪い面を語りのこしているうちは、仕事を、頑張ることを、働かせることを、語りだすことさえできないはずだ。そして、こうまで意図的にそれらを区別しようとする言説は結局、頑張らせる側、働かせる側に都合のいいものにならざるをえない。だいたい、言葉の持っている集合的なイメージは漢字を変えたくらいで簡単に消えてなくなるものではなく、キャンペーンとしてもそこまで有効とは思わない。むしろ不正の雰囲気を感じ取る人のほうが多いことだろう。

念のために書き添えておくと、あの勉強会に参加した人たちに、そこまで意地の悪い意図があったとは思わない。けれどもやはり「教育とはなにか」という問いに「よい教育とはなにか」を答えることは結果的に、「そもそも教育とはよいものだろうか？」という次の問いを拒《こば》む。語りはじめるよりも前に、教育が、仕事が、頑張ることが、疑いのないいいことだと前提してしまっているからだ。その上で「教育とはなにか」を語ろうとしても、「教育がいかにいいか」しか語ることができないのも当然だろう。そしてまた、それが教育をする側、ひいては権力のある側に都合のいい言説にならざるをえないことも。そういう意味で、定義をすることはときに政治的でもある。強い者による定義をみすみす許してしまえば、語れなくなることがあるのだ。

つまり、恋と愛とが「けれど」で対比されることを許してしまっているあいだは、わたしたちは愛を疑うことができない。けれどもやっぱり、本当は愛にも、悪い部分があるのではなかろうか。

もっとも、「いいものである」ことを意味の中に含んだ言葉でしか語れないこともあるだろう。「美しさ」や「真摯さ」「善良さ」、またそもそも「よさ」のことを話すときに、「しかし、『よさ』とはよいものだろうか?」と問うことはナンセンスだ。この本で書いたものだと、「やさしさ」のこともそんなふうにとらえている。現実のありようを超えていいものである言葉が先に立ってくれてはじめて、それを目指してよくなっていくことのできるわたし、というものもまた、ある。

けれども、それらと同様に「愛」のことをいいものとして語りだそうとすると、現実のがわから邪魔が入る。わたしたちがすでによく知っている通り、愛はときにうとましく、浅はかで、見るにたえない。人から向けられた愛情にうんざりすることも、自分の愛情が御《ぎょ》しがたくなることも、しょっちゅう。そういうときに、しかし「愛」のよさを信じつづけようとすると、つい言いたくなるのだ。「このようなよくないものは、愛ではない」と。ではなにか。愛に似ているけれど、よくないもの。愛のよさを保つため、それを名指す言葉を失ったとき、やむなく対比されるのが「恋」ではないか。「恋」の語られることが、ひるがえって愛の不完全さを示す。

あえて「恋と愛の違い」を真に受けると、こんな定義になりそうだ。

恋：愛をよいものとするために愛から除外される、よくない部分。なかなか得がたいよいものとして愛の存在を仮定することで、その得がたさのために、まだ愛ではないが、愛に似て見えるものを名指す必要が出てくる。そのとき、それがさしあたって恋と呼ばれる。

しかし、ここで困った。「いのち短し　恋せよ乙女」感がまったくない定義になってしまった。恋というと思い浮かぶ情熱的な部分、人を惹《ひ》きつける部分がまるで欠けている。サン＝テグジュペリを挙げて恋について語ろうとするせいで愛の大部分を語りそびれるのと似て、愛のことに気をとられるあまり、恋のかなりの部分を語りそびれてしまった。

そういえば、ひどいことを言われたことがあった。

「君、恋エアプじゃん」

こういう暴言をくれるのはおなじみ、おしゃべり相手の悪い友だち、エスちゃんと決まっている。エアプというのはゲーム用語で、エアープレイヤー、やってもないくせにゲームのことを語る者のことを指している。つまり、わたしが恋をしていないにもかかわらず、知ったような顔で恋について語っているというのだ。

「いや、一応結婚してるんですけど……」

「うーん。君から恋っぽい話、聞いたことないよね」

「恋っぽい話、って、なによ」

「わからんけど、ドキドキしたりしたことあんの?」

正直に言おう。ない。だからこれは図星だった。

昔から、恋愛を主軸にした作品にそこまで興味が持てない。恋愛ドラマや恋愛漫画にほとんどふれずに育ってきたし、おもしろいと思って観ていた映画が途中から恋愛の話に収斂していくとがっかりする。都合、「ドキドキ」を売りにしているアイドルやキャラクターにも食指が動かない。とはいえ夫との交際はそれなりにやってきたつもりだし、もっと昔には片思いだってなかったわけではない。まあ、それも身を焼くようなものではなく、なんとなくはじまって、なんとなく終わるものばかりだったが。

若干動揺しつつ、エアプじゃないやい、と思っていたのだったが、しかしこうなるといよいよ疑いが濃厚になってきた。愛に先立って恋を定義しておこうと思ったものの、まったく恋の像をつかみそこねてしまった。人たちのしている恋というものに、まるで近づいていけない。だいたい、恋の定義でありながら、まるで性のことにふれていない。この定義だと、たとえば過保護な肉親からの行きすぎた干渉も恋、ときに自己犠牲を強いる愛国心も恋、ということになってしまう。おかしい。

恋、エアプかもしれない。

ということで、「恋」の定義は後編に持ち越すことにしたい。たいして興味がないと言ってしまったにもかかわらず、引きつづき恋のことにかかずらうはめになった。

以下は余談である。

わたしが恋エアプかどうか、唯一はっきりと判断できそうなのが夫だろう。わたしの恋における貴重な当事者だ。夫ならエスちゃんの見ていない面だって見ているはず。ついでに定義にも助言をしてもらおうと思って、以上のようなことを長々と話して聞かせると、夫は言った。

「恋と書いて、てがみと読みます」

これには呆れた。謎かけ要素がないぶん、「下心」よりひどい。

「読むか！　バーカ！　読まん、という話を、してたんやろうが！」

「ほんとだよ。漢検準一級で出る」

「……本当？」

うなずく夫。

「魚へんのほうだけどね」

――鯉（音読み：リ　訓読み：こい・てがみ）
（日本漢字能力検定協会　漢字ペディア）――

本当だった。本当だが、ぜんぜん関係ない話だった。

ああ、恋のこと、なんにもわからない。なんならいまが、人生でいちばん、恋に身を焼かれている。

恋 I

部屋の向こうで
あなたがおしっこをしている

水鳥の脚は　水面へ直線をえがく
チーズケーキがオーブンのなかで割れる
あなたがおしっこをしている

やったね

恋（後編）

かように恋に疎いわたしだが、一度、これは恋だろうかと思ったことがある。

通っていた大学のキャンパスには、建物の裏手に一本の銀杏《いちょう》の木が立っていた。ふだん講義を受けたりサークル活動をしたりするときには通らない道を、さらに並木の中へ分け入ったところに、その木はある。わたしはときどきその木の足元で過ごした。落ち葉が土を覆《おお》っていて、地べたに座ってもそこまで服が汚れないところもいい。木の幹は太く、隆起していて、もたれるのにちょうどよかった。寒すぎも暑すぎもしない季節なら、根っこを枕に居眠りもできた。どこでも眠れるのが長所なのだ。

大学は、中高よりは居やすい場所だった。人づきあいの苦手なわたしにとって、人が多いぶんひとりひとりとのつきあいが薄くていいのはありがたかったし、固定されたクラスや仲良しグループにかかずらう必要もなく、渡り鳥のようにいろいろなコミュニティに片足ずつ突っ込んでいられるのもよかった。それでもときどき、キャンパスを無数に行き交う同年代の男女から逃げ出したくなった。自分のいる場所が定まっていないのは居心地よくもあるけれど、同時に不安でもある。それはわたしだけではないようで、みんなしきりに自分の話をしたり、またうわさ話をしたりして、自分が集団の中で置かれる立ち位置をさぐりあっているようだった。わたしの立ち位置はたいがい危うく、変な人、ということになるか、反対に変な人を気取っているちょうどそのぶんだけ凡庸《ぼんよう》な人、ということになるか、もしくは単にいてもいなくても変わらない人になるか、のいずれかだった。そんなに気にしていないつもりだったけれど、体調が悪い日なんかにはときどき、その陣取りゲームがうっとうしくなった。そういう日には、知っている相手と行きあうことも、知らない相手に囲まれていることも、どちらもいやになってしまう。それで銀杏の木の下に逃げ込んで、ひととき他人の視線から逃れるのだった。

その点、木というのは眼がないからいい。木のそばにいるときには、自分が何者であるかを考えない。話しかけられないから返事をしなくてもいいし、いつでも同じ場所に立っているから待ち合わせも必要ない。それでいて、ひとりぼっちでいるという感じもしない。わけもなく木の下に座っていることをくりかえすうちに、だんだん木の細かい特徴に目がとまるようになった。いくつかある隆起の数や大きさ、肌のむけかかった箇所、雨があがったあとしばらく手ざわりがしめっていること。それに季節の変わるころには、一日ごとに影の広さがあざやかに変わること。関係を持たずにすむためにここに来ているはずなのに、もの言わぬ木と自分との関係ができていく気がして、そのことは楽しかった。

そのうち、元気な日でも木の下にいることが増えた。逃げ出したいとか休みたいとかいう理由より、今日の木が見たい、木と共に過ごしたい、という動機のほうがふくらんできていた。それであるとき、はっと思い立った。

恋かもしれん。

こんな体たらくだから恋には遅れていて、やっとのちの夫となる男とつきあいだしたくらいのころだった。しかし大学というのはお互いの存在に興味しんしんな男女の集まりなのであって、やれお泊まりだ二股だという話がすぐ身近で聞こえてくる。そのギャップと、そしてどうやら自分の身にもふりかかっているらしい恋なるものの存在に、わたしはおののいていた。夫のことは好きだったし、なによりおもしろかった。恋愛が、という以上に、夫という謎の他人のことがおもしろかった。しかしそれだけが恋の要件ではなさそうだ、それなら恋とはなんだろう。なにをもって知りあいたちはつきあったりふられたりし、なにをもってこの人はわたしと一緒にいてくれるのだろう。人によって違うなんて言い出すといっそう身も蓋もない――。

それで、木に向かったときの自分のてらいのない気持ちが自分でも新鮮だった。わけもなく会いたくなるのも、小さな特徴や変化がうれしく気に留まるのも、恋の周辺に聞きかじったことがある。そのころのわたしに恋がおそろしかったのは、まさに立ち位置を取りあうような人間関係の熾烈《しれつ》さが恋と堅くむすびついているように思えたからでもあった。しかし木とわたしとが恋に似るならば、恋というのはひょっとしてこの、自分が誰でもよくなるようなあっけらかんとした開放の可能性もまた、持っているものなのかもしれん。
「え、旦那さんとどこで知りあったんですか？　くじら先生からつきあおうって言ったんで
すか？　てかなんで結婚したんですか？」
高校生の生徒にそう矢継ぎ早に聞かれ、わたしはむずかしい顔をしてごまかしていた。夫
の出てくるエッセイ本を書いてからというもの、この手の質問は生徒以外からもよくされる。
しかし、どうも答えづらい。自分の答えが相手の期待に沿えないことがはなからわかってい
るからだ。
対策として、定番の「どこが好きなんですか？」にだけは決まった答えを準備してあり、
「わたしと心中しないところです」というのがそれだ。わたしとしてはかなり夫のいいとこ
ろ、そしてわたしの弱いところをいい具合にあらわした答えだと思っているのだが、しかし
トークイベントでお客さんの質問にそう答えたら、微妙な顔をさせてしまった。へんな間が
空いて、お互いに苦笑する。
「いま、そういうことじゃないんだよな、と思っていますか？」
「はい、もっとこう、おノロケが聞きたかったんです……」

まあ、わかるような気もする。しかしわかったからといって、おもしろいおノロケというものをうまく出力できるわけではない。生徒に対しても、一応聞かれるままに答えてみる。

「大学で知りあって、口説かれたからつきあって、プロポーズされたから結婚したよ」

生徒は、へえ、だか、はあ、だかいうような、気のない声を出した。すまないと思いつつ、わたしのほうでも彼女に聞いてみたいことがあった。

「人の恋の話というのは、やっぱりおもしろいもんですか?」

わたしは、彼女が恋愛ものの二次創作小説を書いていることを知っていた。わたしの感想がほしいと言って見せてくれたのだ。漫画やアニメが好きな知りあいは思春期以降たくさんいて、二次創作という分野にも多少なじみがある。原作がどんなに好きでも、恋愛の話となるとどれも似たような話に見えてしまう。たぶん、知らないアイドルがみんな同じ顔に見えるのと似たようなことで、つまりわたしには恋愛の話を楽しむ才能がない。考えてみれば大学生のころも同じだ。変わっていておもしろいと思った相手も恋愛をはじめると、記念日に写真を撮り、プレゼントを交換し、みんな似たように浮き足立った。それが均質に見えてしまうことが、わたしの興味を削ぐのだった。

生徒は間髪を容れず、「おもしろいですねー」と答えた。

「君、小説も書くじゃないですか。好きなキャラの恋愛がおもしろいってことはあるんだろうけど、それでわたしの恋愛もおもしろいの?　恋愛そのものが好き?」

「うーん、まあ、そうですねー。恋愛そのものがっていうか、この人は恋愛するときどんな感じなんだろう⁉　みたいなのが好き？」

「たとえば君の好きなキャラでいうと、原作でスポーツしてる姿だけじゃ足りなくて、恋愛してるところが見たい？」

「見たくないですか⁉」

「うーんまあ、見たい、のかもしれないけど、でもたとえば試合中のその子のほうが、その子の魅力が出てる、みたいなこともあるのかなって……わたしが人の心に欠けているせいとは思うんですけど、恋愛って、結局誰がやってもざっくり同じに見えちゃうんですよね……」

敵意がないことを示したくて、慎重に言葉を選びながらたずねると、彼女の声が一段階高くなった。

「その！　ギャップがいいんじゃないですか‼　天才高校生だけど、恋愛してるときは普通の男の子、っていうのが！」

「えっ、そうなの？」

「そおですよ！」

これには感心した。そうかもしれない。わたしの鈍さが恋愛を均質な、ありふれたものに見せていたのではない。ありふれていることこそが、恋愛の魅力であるというのだ。そしてそう思うと、まさにその魅力を享受していたのが、大学で木のそばに腰かけるわたしじゃないか。こう言うのはどうだろう。わたしたちは、他人の中で自分が何者であるかをいつも知りたがっている反面、その陰でひどくありふれている自分というものにくたびれている。しかし恋愛関係という、もともとの集団からふたりで、もしくは何人かで一歩離れるような関係が、はじめてそれを許すのではなかろうか。いろいろな人とつきあったり別れたりするという交際のシステムが成り立つのは、恋が代替可能で、どこにでもあるからにほかならない。同時に何人でも作っていいことになっている友だちのほうが、むしろ代替不能なのではなかろうか。だから恋をしているときには、ありきたりな決めごとをおそれないし、他人の恋と自分の恋とが均質になることをおそれない。その凡庸さ自体が目的であり、集団にくたびれたわたしたちを癒やすのだ。

さて、もう一度だけ懲《こ》りずに、「恋と愛の違い」に戻りたい。それではなぜわたしたちは、わざわざ恋と愛とを呼び分けて、さらには愛の悪い部分を恋のほうへ押しつけるようにして、そのことを語りたくなるのだろうか。「恋は自分と同じ部分を好きだと思うけれど、愛は自分と違う部分を好きだと思う」「恋は自分の幸せを願うけれど、愛は相手の幸せを願う」。そんなふうに言うときおこなわれているのは定義ではなく、愛（と仮定した、なにかよいもの）のキャンペーンにすぎないが、しかしそれだけではない。それはまた、自分のいままさにやっているこの関係をうたがいなく肯定するためのキャンペーンとして機能するのではないか。

恋はありふれていて、さらにそのことをよしとするとしよう。しかし関係がつづくうち、快かったはずの自分たちの凡庸さが、今度はうとましくなってくる。もとの集団から独立したはずの新しい関係もまた、次には自分のある立ち位置を規定するものにならざるをえないからだ。そういうとき、こう言いたくなるのもうなずける。自分たちのしているこれはもはや恋ではない、なにかそれ以上のものである、と。「恋と愛の違い」は、そういうときに根拠のように機能する。恋をしている人は大勢いるだろうけど（なにしろ恋とはありふれているものだから）、この関係はそれとは異なる、もっと希少で特別なものなのだ、と言いたい衝動に、恋をした者はいずれ駆られるのではないか。だから恋は未熟なものとして、いつも「けれど」の前に置かれる。

つまり恋というものはまた、かならず経過でもある。集団を逃れ、ありふれていられることのために作られる新しい関係が恋の要件であるのなら、恋はいつか古びることをはじめからその内に含んでいる。するほうだってはなからそのことはわかっていて、だから期待をかける。恋の関係の先に、もっと値打ちのあるよい関係、希少な関係が待っていることに。

恋（あらためて）：ありふれていないことを要請する集団を離れて、自分たちがありふれていることを楽しめるような、小さくて新しい集団を作ること。それでいてその小さな関係が、なかなか得がたいよい関係、ありふれていない関係としての愛への途上である、と期待すること。

ある理想を掲げ、そしてその地点と同じ線上でつながっていること、少なくともそう期待できることが、恋の核心なのではないか。わたしが所詮恋エアプで、恋愛もののおもしろさもわからなければ、恋する気持ちそのものも本当にはわかっていないとしても、遠くて簡単には手に入らない理想をあこがれる気持ちなら、なんとかわかるような気がする。

さて、恋を定義し終えたものの、ささいな課題が残った。次に夫の好きなところを聞かれたらなんと言おうか。生徒の言葉を信じるならば、そうたずねてくる人たちというのは、まずわたしという人間のありふれたところに興味を持ってくれているらしい。恋の話にそんなに関心を持たないわたしだって、そのことはしみじみとありがたい。自分のあまりの凡庸さが相手を退屈させてしまうことをおそれないでみるとして、ひとつ新しい答えを出してみよう。ありふれていて細かなこと、そしてある程度は限定されるけれど、実際にはある程度代替可能であることがいい答えなら、こんなのはどうだろう——足のサイズが大きいところ。

どうだろうか。これが成功しているのかどうか、自分ではまったく判別できない。まだ

「わたしと心中しないところ」のほうがマシじゃないだろうか。というか、「心中」も一応上記の要件は満たしていないか。定義ができたからといって、実際の扱い方が身についたと思ったら大まちがい。言葉で言いあらわすことにはこういう脆弱《ぜいじゃく》さがあることを忘れてはいけない。

それから、もうひとつのささいな課題。

エスちゃんや、その他わたしのおノロケを待つ人たちが口をそろえて言う、「ドキドキしたりしないの?」というやつだ。ありふれたものに、そしてその先にある理想にあこがれる気持ちがわかったと言っても、まだ「ドキドキする」を宙吊りにしたままだ。恋エアプの誹《そし》りをまぬがれたとは言いがたい。

ただ、実はわたしは、「ドキドキ」に代表される身体的なリアクションは、べつに恋とは関係ないと思っている。ではなにか。それこそがあの悪名高い、性欲というやつではあるまいか。

恋 II

清涼であることとはつまり
乾いていることであるとあなたがいうから
日になんべんも皿を拭くのだが
一枚だけ
拭いても拭いても
ひとりでに濡れてくる皿があるのだ

ときどきそれが　わたしのせいだと思う
わたしの　あなたを思って拭くせいだと
丸みをおびた青白磁の皿なのだ

ときめき

「ドキドキしたりしないの？」と聞かれるたびに疑問に思うのは、ある相手のことを好きなのかどうかを判別しようとするときに、どうして身体のリアクションをあてにするほかないのか、ということだ。好きになるという現象は心で起きることであるはずなのに、それが身体にまで波及していなければ好きということにしてもらえない、その理不尽。前回ではドキドキしたことがないと言ったけれど、正しくはまったくないわけではない。最近など三十を手前にとくに増えている。階段を駆け上がって電車に乗ったり、待ち合わせの時間をまちがえていることに気づいたり、ときには眠りから醒《さ》めただけでドキドキしてしょうがないことがある。しかしこういうことを言うと、かえってわたしが真に、つまりは愛によって、ドキドキしたことがないことの証左のように受け取られてしまう。くやしい。まあ、それはわたしのほうにもいくらか悪気があって言っているとしても、たとえばすばらしい一節と出会ったり、人前で緊張したりしたときのドキドキさえ度外に置かれるのだという。

ようは、単に心臓の鼓動が大きく聞こえるだけでは勘定に入らない、あくまで恋愛上の諸々の手つづきの中で起きるリアクションを指す「ドキドキ」というものがあるらしい。「キュンとする」なんていうのも類似するものだろうか。さしあたってこの、恋愛に付随するものだけを取り出して呼ぶ「ドキドキ」「キュン」といった身体的なリアクションを、「ときめき」として区別しておこう。

その上で、くやしいのでいっそムキになって言いたい。ときめきはなんらかの予兆であり、その段階ではまだ達成していないものとして語られる。ではときめきの延長線上にはなにがあるのか。ときめくとき、わたしたちはなにの達成を予期しているのか。考えてみれば自明である。セックスに決まっている。

ときめきがセックスの予兆を指すのなら、身体的なリアクションを伴わないといけないことも、セックス可能な相手とのふれあいの中で起きたものしかカウントされないことも、十分に納得がいく。そして、ここで自分の立場を明らかにしておくと、わたしはセックスの欲望というものが自分にあるのかどうか、よくわからない。そもそもそれがなんなのかもあまりわかっていない。わからないあまりに、マッチングアプリに登録したこともある。マッチした相手に「性欲とはなんなのか」と端からたずねてまわり、向こうがちょっとでもアプローチをかけたそうなそぶりを見せると激怒してブロックした。ろくでもないやつばかりだったがときどきいいやつもいて、「こんなアプリやめたほうがいいですよ」みたいなことを言ってくる、しかしそれはそれで気に障《さわ》ってすぐブロックし、二日でアカウントごと消した。性欲についてはなにもわからないままだった。
だから、ときめきがセックスの予感であるのなら、わたしがときめきに欠けていることにも納得がいく。そして、愛とセックスがそこまで関係ないのと同様に、誰かを好きになることとときめきも、やっぱりそこまで関係ないのではなかろうか。

ときめき：セックス可能な相手とのふれあいに、セックスを予感し、欲望すること。それに伴う身体的なリアクション。

これまで、自分のいわば「ときめかなさ」については、そんなふうになんとなく納得してきた。ところが最近になってようすが変わってきた。おそれながら、結婚をし、夫と一緒に暮らすようになってから、にわかにときめきらしいものが生活に訪れるようになったのだ。
ふだんのふれあいはこれまでと変わらないけれど、しかし結婚したことによって、意識のない夫とふれあうことが増えた。ときめきはそういうときにやってくる。隣で眠っている夫が急にわたしに身体を寄せ、なにかむにゃむにゃ言うと、確かに胸がどきっとする。そしてわたしは思う。いまわたしの中に起きているのが、セックスの予感だろうか。自分でも意味のわからないタイミングだが、そうかもしれない。欲望の方向はものすごく人それぞれだというし、それに女性の肉体は歳をとったほうがどうとかいうし。ときめきの芽生え、これはむろん遅い恋の芽生えではなく（夫の名誉のためにくりかえし言っておくと、恋とときめきとは関係なく、そして恋ならばもとよりある）、セックスの芽生えではなかろうか。

めでたい。と思っていたのだったが、だんだんそれでは説明がつかなくなってきた。夫が「ちょっと来て」と切り出すと、やっぱりドキドキする。「ちょっと来て」のあとにつづくのは、だいたい電気の消し忘れか、服の出しっぱなしかを指摘する言葉のことが多い。しかし五回に一回くらいは、週末の予定であったり、大きなチョコレートを買ってきてくれたのであったり、なにか楽しい話のこともある。どちらにせよ結果がわかると、鼓動はやわらぐ。それから反対に、自分が頼みごとを言い出そうとかまえているとき、この上なくときめいている。言いづらいことであればあるほどわたしはためらい、ときめく時間は長くなる。するとそのあいだ、夫の一挙手一投足が気にかかり、ちょっと近くに寄られればキュンとし、目つきや言葉尻を気ぜわしく追いかけて、いよいよあの縁遠いと感じてきたはずの少女漫画にそっくりな様相を呈しはじめたところで、ようやく切り出す。

「あの、あのさ、うっかり棚を壊してしまい、見てもらいたいんですけども……」

これが、ときめき？　ひいては、これが、セックスの欲望？

ため息をつきながらかがんで棚を直している夫の丸い背中を見ていると、やっぱりよくわからなくなってくる。わたしというのは本当によく家のものを壊す。それを多少文句を言うくらいで直してくれるのは、ありがたい、と言えばありがたいのだが、しかし「ありがたい」とセックスはかなり遠そうではないか。たのもしい、ならもう少し近いか。いやもっと、もっと根本のところで、なにかが致命的にずれている気がする。

寝ている夫の話に戻ると、彼はわたしのほうに寄ってくるほかにも、かなりじたばた動き回る。こちらへ来ても、間もなくふたたび向こうを向く。あるときにはおもむろに布団の上に座った。ついわたしも起きあがり、正面から顔を覗くと、座りながらも完全に眠っているのだった。そしてわたしのほうは、やっぱりドキドキしていた。夫が不意に近づいてきたときより、不意に座ったときのほうが、はるかにドキドキしているのだった。これがセックスの予感なら、もしくはみんなの言うように恋なら、ばかばかしすぎる。それならこれはなんだろう。ときめかないわたしがようやくつかみかけたこの片鱗《へんりん》、高鳴る胸の音は、なにが引き起こすリアクションなのだろう。

恋のわからなさにヒントをくれたのは、キャンパスに立った銀杏の木だった。もうひとつ、わたしを猛烈に惹きつけた木の思い出がある。

人生で二度会社をくびになっている。くびになっておもしろいのは、急に予定ががらっと空くことだ。ひまなのは好きだから、くびになるのが向いている。二回目は冬だった。買いものがてらあたりを散歩していると、急にいいにおいがした。若い果物のような、石けんの新しい泡のような、ハリのある花のにおい。たどっていくと、通りを挟んだ向かいの塀から、黄色い花をつけた枝が飛び出していた。蠟梅《ろうばい》の花だった。花びらは分厚く見えるのに透き通っていて、きらきらと向こうの陽が見えた。わたしはしばらくそこで花を眺め、においを吸い込んで過ごした。

そしてそれから数日、そこに花を見に通うようになった。家の主に気づかれていたかはわからない。不気味な通行人だと思われていたかもしれない。そこまで長居はできないから、ひと目見て、胸いっぱいににおいをかぎ、さりげなく立ち去る。そのくりかえしだった。蠟梅の咲く家まで、わたしの家から歩いて五分くらいかかる。そのあいだ、息があがるほどの鼓動を感じていた。はじめは日ごとに咲いていった花の数が、しだいに減りはじめたのがわかっていた。冬が終わるのを待たず、花の季節が先に終わろうとしていた。そしてわたしは、そのことにときめいてしかたなかった。

銀杏の木は、こんなふうにわたしをときめかせなかった。季節ごとに葉が増えたり、紅葉した次には地面を埋めるほど黄色く散ったり、躍るような変化はあったけれど、しかしわたしはそのどれにも安心していた。ときめいているとき、心の中にはいつも不安があった。これから起こることが未確定であるという不安、予想を超えたことが目の前で起こった不安。蠟梅にいつまでも咲いていていてほしかった。銀杏の木がいつでもそこにあったように、一年中、わたしがにおいたいと思ったときには、いつでもあってもらいたかった。けれど当然、花というのは生きもので、そういうわけにはいかない。花が咲くことも、散ることも、わたしにコントロールできる範囲を完全に離れている。はじめからうすうすそれがわかっていて、つい毎日通いたくなったのだった。

そして、夫もまた生きものであり、わたしにはコントロールができない。けれどやっぱりときどき、夫がわたしの思う通りに動いてくれないだろうか、と思うことがある。できるならずっとやさしく、いいにおいでそばにいてもらいたいし、電気をつけっぱなしにしても、棚を壊しても怒らないでもらいたい。ときどきチョコレートやセックスや手紙をもらいたい。だけど、そういうわけにはいかないのだ。そう思うと、結婚してにわかにときめくようになったことにも納得がいく。暮らしを共にするようになると、ふたりが異なることの喜びと一緒に、不便も増える。それで、ばらばらに住んでいたころには思わなかった、相手に自分の思う通りになってほしい、という欲望が、ふつふつとわたしに沸きはじめたらしい。もはや愛ともセックスとも関係ない、ひょっとしたらそれよりさらに原始的な、わたしの欲望の芽生え、ときめきの芽生え。眠っていて意識のない夫、というのは、わたしどころか夫のコントロールすら離れている。それが、わたしを不安にさせる最たるものなのだった。

ときめき：相手が自分の思い通りになってほしいと思っているのに、それが達成されるかが不確実なときに起きる不安。それに伴う身体的なリアクション。

これなら身体的なリアクションが伴うことにも、好きな相手にはことさらときめくことにも説明がつく。ときめきの底にあるのは不安であり、不安が身体をむしばむのはよくあること。そして、好きな相手にはなおさら自分の思う通りになってほしくなるのも、よくあることだ。他者がコントロールできないとわかっているから、わたしたちはときめくのだ。

だから、ときめくかどうかを考えることは、不安かどうかを判別するだけで、好きかどうかを正確には判別しない。わたしがあまりときめかずにきたとしても、そのわたしがいま夫のへんな寝相にときめくとしても、それはさしたる問題ではない。

くびになってから一年が経った。大寒が過ぎたから、もうすぐ蠟梅が咲くはずだ。ふたたびあの黄色く透き通る花に、そして肺の中を洗いながすようなにおいに会うことを思うと、たまらなくなる。もし行ってみて木が切られていたり、家ごとなくなっていたりしたら、と思うと、もう、ときめいてしかたない。

ということで、「ときめくかどうか」という問題は恋とも愛とも、セックスとさえ関係ないものとして、この先に進みたい。

ときめき

過去も未来も相手にならない
いま　の誘惑にくらべたら

息のかかるほど近く迫っては
まばたきするあいだにいなくなる
きれいな牙も生えている

わたしたちが過去や未来の話をするのは
いまに食われないためにすぎない

性欲

愛を見分けるために、ここまで近くをうろつくようにして考えてきた。愛のことを考えたかっただけなのに、恋のことを考え、ときめきのことを考えて、ついには性欲のことを考えなければいけなくなってしまった。前回にも書いたけれど、わたしはセックスの欲望というものがおそらく希薄で、実感としてはとても疎い。だから自分自身の体験を通じて考えることができないのが心細い。しかしそれでいて、愛のことを考えるならば、性欲のことを飛ばしてはいけないような気がしている。

なぜか。まちがっても自慢話だと思わないでほしいけれど、これまでさんざん他人からセックスの欲望を向けられ、うんざりしてきたからだ。そしてそれらがほとんど決まって、愛という飾り付きでわたしのところへ差し向けられてきたからだ。

彼らはしばしば、「あなたをひとりの女性として見ています」というようなことを言う。そのたびに、それはなんだろう、と思った。わたしとしてはそれが到底ほめ言葉には聞こえない。「ひとりの女性」として見られるよりも、たとえばクラスメイトや、サークル仲間や、詩人仲間として見られるほうがずっといい。けれども彼らのほうではなにか特別な、前向きな気持ちを込めて言っているらしい。そのギャップにいつも面食らって、ときに落ち込み、そしてときに激怒した。わたしは告白されることに関してたいへん素行が悪く、たいていの告白を激怒でもって打ちかえすことで知られている。わたしなりに誠意を込めて激怒しているのだが、今度はそれが相手をおののかせたり、反対に抗戦態勢に入られたりしてしまう。そのディスコミュニケーションぶりが、自分でももどかしくて、面倒くさかった。

今度こそ自慢話だが、ここ数年はうまいこと好きになられずに暮らすやり方がわかってきた。単純に結婚したからかもしれないし、もっと単純に歳をとったからかもしれないけれど、ともかく好かれないというのは本当に暮らしやすい。そう思うと、あれこれややこしい面もある結婚も、加齢も、どちらもよいものだと思う。けれども彼らと起こした行き違いについては、まだ未解決のまま残りつづけている。「ひとりの女性として見る」とはなんだろう。彼らはなにを言おうとして、そしてわたしは、なにを受け取ってしまったんだろう。

そしてあの欲望と思《おぼ》しきものは、なにをもってあんなに、愛に見えないんだろう。

前回に書いた通り二回くびになっている。一回目は初夏、二回目は冬が本格的に迫るころだった。欲望のことを考えるとき、わたしはいつもその冬のことを思い出す。どんなふうに辞めるか、ということで、なかなかもめごとになった。会社がわはあくまで合意があっての退職と主張していたけれど、わたしはこれが解雇であることをみとめてほしかった。

小さな会社で、わたしは一緒に働いている人たちのことが好きだった。なんせ一回目のくびのあと、駆け込むようにその会社に直談判して、温情でもって雇ってもらったのだ。心からありがたいと思っていたし、当の仕事もおもしろかった。けれども辞める辞めないという段になったとたん、まさにその温情が、今度はじゃまをすることになった。

わたしが話しあいで労働基準法の話を持ち出すと、雇用主はかならずいやな顔をした。そこで主張されたのが、「ここまで自分たちは契約よりも互いの信頼に基づいたゆるいつながりを作ってきたのであって、法律がどうと言い出すのはおかしい」というようなことだった。確かにわたしも、心情的なつながりでもって仕事をしていた節はある。けれどかと言って、「契約」のほうだってないわけではないと思った。そうなると雇用主が離職をうながして言う、「雇用の法律に縛られない、個人と個人の関係になりたい」だとか「自分のやりたい仕事で生きる人生を歩んでほしい」だとかの理由も、みんな力のあるがわだけに都合のいい御《ご》託《たく》に聞こえてくる。それまでの恩を思い返すとわたしも一度はゆらいだけれど、結局決裂することにした。なにより、自分が一度でも「つながり」とやらにほだされ、ゆらいだことが、自分で許せなかった。

そしてとっぴに思えるかもしれないけれど、そのときに思い浮かべていたのが、あの「ひとりの女性として見る」というやつのことだった。

あらためて考えると、「ひとりの女性（男性）として見る」というフレーズはおおむね、相手をセックスの対象として意識することを指すようだ。先に挙げた、告白のときに言われる「あなたをひとりの女性として見ています」というもののほかに、「ひとりの女性として見て」という依頼の形式で目にすることもある。するとやっぱり、「ある性として見られたい」という欲望もまた存在しているらしい。

使われ方を見ていると、単にセックスの相手というだけではなく、ふだんの自分をいったん脇に措《お》いて、というようなニュアンスが加わっていることが多いように見える。当事者どうしの関係性もそうだし、「ひとりの女性」としてその人の持っている、続柄だったり職業だったりという社会的な役割もそうだろう。そう思うと「ひとりの」という修飾は、既存の集団を離れたいち個人として、というような意味をなしているらしい。

ではその、すでにある関係や役割ではない「ひとりの女性」との関係をあらたに築く、というのは、どういうことだろう。一見、どことなく逸脱の気配があって、セクシーなニュアンスを持った決まり文句になるのもわかる気がする。「ひとりの男とひとりの女」と言えば、しがらみのないシンプルな関係で、互いに欲望しあうまま動いているような印象を与える。けれども、本当にそうだろうか。

くびになりかかったときにわたしの求めていたのもちょうど、「ふだんの関係性はいったん脇に措いて、第三者から見ても正当な処置をしてもらいたい」ということだった。精神的なつながりがあったことはまちがいなかったとしても、それが不当な辞め方を受け入れないといけない理由にはならないはずだ。わたしは手続きの話をしたいだけなのに、どうしてかたくなに温情の話だけをするのか、ふしぎだった。すなわち、こうだ。

ひとりの被雇用者として、見て。

そのとき、温情がこんなにも目をにぶらせることがもどかしかった。お世話になったとかならないとか、やりたい仕事かどうかとかとは関係のない、単なる契約上の存在として、自分のことを扱ってほしかった。そしてその先にあらわれるのは、しがらみのないシンプルな関係などではないはずだ。むしろわたしに必要なのは、自分にある立場があることだった。ふだんの狭い関係よりももっと広い関係の中にある自分を、きちんと見てもらいたかった。社会的な役割を脱ぐというよりも、むしろ余分に一枚着るようにして。そして、それに照らしてはじめて、「ある性であるとみなしたい／みなされたい」という欲望のことがわかった気がしたのだ。

つまり「ある性とみなされたい」ということも「被雇用者とみなされたい」ということに似て、もう一段階社会的な関係の中に身を置きたい、という欲望なのではなかろうか。ふだんの関係に、ひとつ要素を足すようにして。「ひとりの女性として見て」と言いたくなるときにわたしたちを困らせているのは、いまある立場や役割が多すぎたり、重たすぎたりすることではない。むしろ、「女性」という役割が欠落しているように感じられることなのではないか。性別というカテゴリーはあまりに大きく、ふだんの、人それぞれの個別の関係とは、まるで関連のないものに思える。けれどわたしたちはときに、その大きな役割をこそ欲望するのではないか。

やっと、性の欲望について考えることができそうだ。より正確に言うと、性欲の、生殖のためでも快楽のためでもない、あのよくわからないごちゃごちゃした部分について。いまになって思う。「あなたをひとりの女性として見ています」と伝えたとき、彼らの言いたかったのは、「あなたをある役割としてみとめます」というような、彼らなりの肯定だったのかもしれない。けれどそれがわたしには、自分が自分でないほかのものと勘違いされているような、単なる機能としてしか尊重されていないような、むなしい気持ちを起こさせた。役割でもって見られることはときに心強いけれど、ときにさびしい。告白してきたのが親しいと思っていた相手であればあるほど、わたしは激昂《げっこう》し、烈《はげ》しく傷ついたのだった。

そして彼らの告白はまた、「わたしをある役割としてみとめてください」という要求でもあったように思う。告白というものがあんなにわたしの神経を細らせたのは、それがうっすらとでも伝わってきたからではないか。わたしもまた温情でもって思ったのだ、従業員をくびにする雇用主のように――「ここまで自分たちは性よりも互いの信頼に基づいたつながりを作ってきたのであって、性がどうと言い出すのはおかしい」と。
前回、ときめきを「相手が自分の思い通りになってほしいと思っているのに、それが達成されるかが不確実なときに起きる不安。それに伴う身体的なリアクション」ということにした。おそらく性欲もまた、それによく似た要素を持っている。

性欲：社会の中に自分の性的な役割があることを願い、自分をそれに任命してくれる相手を探し求めること。自分と相手とを、自分の望む社会的な性関係の中へ当て込もうとすること。

あいかわらず、悲しいくらい、彼らのことがわからないままだ。自分の役割、というのが、そんなにほしいものだろうか。しかもおそらくは、ここにいるふたりの関係における役割ではない、もっと広い社会の中での役割。それを与えられたい気持ちは、そんなに切実なものだろうか。ふたりの関係こそがほしいと思うほどに、わたしにはそれが、どうしてもさびしいのだった。
詩人の大島健夫《おおしまたけお》さんが、「性の目覚め」をテーマに書いた詩がある。

——外で犬が吠えている——

大島健夫

見たい
見えない
触れたい
触れられない
願う
叶わない
強く願う
絶対に叶わない
心から願う
どんなに願っても叶わない
外で犬が吠えている

欲しい
手に入らない
死んでも手に入れたい

死んでも手に入らない
いつかは、と思う
いつかなんてない
笑顔がある
自分には向かない笑顔
笑いたい
笑えない
外で犬が吠えている

本の話がしたい
音楽の話がしたい
なのにガソリンをかけて火をつける話しかできない
金属バットの話しかできない
静かな声で話したいのに
大声でしか話せない
外で犬が吠えている
この掌の中に君があればと思う

でも掌の中にあるのはいつも自分だけだ
外で犬が吠えている
うるせえ、死ね、ぶっ殺すぞ、と叫ぶ
でも掌の中にあるのは自分だけだ
外で犬が吠えている
嘲笑っているようにも、怒っているようにも、歌っているようにもきこえる

この詩の持つ凄絶な渇きに、わたしは読むたびにおののく。自分は性のことを、やっぱりなにもわかっていないと思う。性欲というのはこんなにも、思うままにならない、苦しいものなのか、と思う。彼らは決まって、「つきあってほしい」と言った。その、つきあうというのはつまり、彼らのこんなに直視しがたい、苦しい部分に、ということだったのだろうか。そんなことがありえるだろうか。堂々めぐりのようにここへ戻ってくる。

そんな関係をわたしたちが作れるとしたら、それはもう、愛と呼んで差し支えないのじゃなかろうか。

性欲

雲をもらう
内がわが　だいだいに腫れて
熱をもっている

食べてほしいのだろう
と　伝わってはいるけれど
できない

庭先に出しておくと
ほどなく夕立になった

つきあう

「わたしたちって、つきあってるってことで、いいんだよね？」

と聞いたら、

「ちがう……んじゃないか……⁉」

と言われて、気まずかった。夫にである。恋人になる前のことではない。つい先月、ふたりで暮らすリビングでのことだ。「なんでじゃ」と返す。

「つきあってるだろうが。かれこれ十年経つだろうが」

「いや、結婚してるだろうが。かれこれ四年経つだろうが。結婚したらふつうもう、つきあってる、とは言わんだろうが」

両者睨《にら》みあったまま動かず、かくしてわれわれがつきあっているかどうかは、いったん保留となった。わたしとしては、つきあっていたい。つきあっていてほしい。結婚してからも恋人どうしのように接するとか「ときめく」とかそんなことは当然どうでもよくて、「つきあう」という言葉が、いいと思うからだ。つきあうこと。取るに足らない言葉だが、しかし「恋」や「ときめき」よりもずっと、愛と関係しているように思える。

わたしたちは恋人として交際することを「つきあう」と呼ぶ一方、買いものに連れ立っていったり、話し相手になったりすることも、同じく「つきあう」と呼ぶ。「つきあってください」と言われてそれが告白なのかどうか伝わり切らずに齟齬が起きる、というのはいまどきフィクションでもあまり見ない笑い話だが、しかしわたしはときどきそれをやらかす。「つきあってください」と言われると反射的に、なにに、と言いかえしたくなる。けれども、交際を示すときの「つきあう」の場合は、なにに、とかじゃないのだと人は言う。そういう場合は継続的に「その人『と』つきあう」ことを指すのであって、それは買いものとか、おしゃべりとか、そういう「なにか『に』つきあう」のとは別らしい。そう言われてもまだ、釈然としない。「つきあう」と呼ばれることをする以上、それがいくら継続的な、固定された関係のことであっても、それはやっぱり「なにか『に』つきあう」ことも含むのではなかろうか。

「つきあえない」と返すときにはだから、しのびなく思ってきた。「つきあってください」と言う人には、なにか、ひとりではできない、したくないようなことがあるんだろう。わたしは、「あなた『と』つきあえない」というよりも先に、「あなたの求めるなにか『に』つきあえない」のだ。しのびないのと同時に、怖くなったり、身勝手に思えて腹立たしくなったりもしてきた。ひとりではいられないという訴えの重たさが、わたしの気持ちを暗いほうへと揺さぶるのだった。

もはやつきあっていないと主張する夫に対して、わたしがつきあっていてほしいと思うのも、それと同じだ。わたしの、なにかはわからないなにか、ひとりではできない、したくないようななにかに、つきあってほしい。そして、人が誰かにしてやることの中で、そんなにすごいことがほかにあるだろうか、と思う。恋愛の用語にとられてしまうにはもったいないぐらいのいい言葉だ。けれども結婚となると、それはもうおしまいになるのだという。


世の中には「つきあいのいい人」というのがいる。そういうときの「つきあい」は、具体的なある行動を共にすることであり、また人づきあいのことでもある。つきあいのいい人は誘われればどこにでもあらわれ、機嫌よく会話をこなす。

わたしはと言えば、「つきあう」という言葉が好きだというわりに、かなりつきあいの悪いほうだと言っていい。複数人の集まりにはできるかぎり顔を出さないし、自分から誰かを誘うこともそんなにない。もちろん必要があるのなら行くけれど、必要がないなら行かないですませたい。行くだけ行って、べつに自分がいなくてもすむ場所だったな、と思うのがいやなのだ。そんなふうに言うと話すのが嫌いなのかと思われてしまうけれど、話すこと自体はむしろ好きなほうだ。けれども集まりというのはたいてい人と話すのに向いていない。人がたくさんいると雑音も多いし、人と人とのあいだで簡単に会話がちぎれてしまって、うまく話せない。わたしの考えでは、集まりが好きな人のほうこそおそらく、話すことがたいして好きではないのだ。だからわたしには合わない、としてはなから顔を出さないようにしているのだが、しかし自分でも面倒きわまりないことに、ときどき自分自身で、そのことがさびしい。つきあいのいい人になってみたいものだと思う。軽々と家を出て軽々としゃべり、相手をひとりにさせないぶん、自分もひとりにはならない。

だから、夫を用事につきあわせるたび、感心している。わたしとは対照的に、なんたってつきあいのいい男なのだ。行き先はだいたいわたしの行きたいところに決まる。その都合、彼は興味のない本屋に行き、美術館や科学館の展覧会に行き、しまいには水が見たいと言っては川べに座らされ、あてもなく歩かされる。「つきあう」ということのほかに彼自身の用事はないのだから、行かないことを選んだっていいところ、たいていどこへでもついてきてくれるのだった。

そう思うと「つきあう」と言うとき、つきあうほうにはその行動をするだけの理由がない。かろうじて理由があるとしたら、自分がたまたま相手とそこにいたというその一点だけだ。人づきあいにしたって、結局のところはそうなんじゃないか。わたしのつきあいの悪いのがそのまま、「必要がないから行かない」に端を発しているように。なにか理由があるような気分で待ち合わせしたり、おしゃべりしたりするけれど、それだって大本には「居合わせた」という以上のたいした理由はなく、だからそれを「つきあい」と呼ぶんじゃないか。

つきあう：自分が相手と居合わせたということだけを理由にして、実際にはしなくてもいいことをすること。

では、結婚をして「つきあう」が終わったというのはつまり、婚姻関係がそのまま夫がわたしといる理由として新たに機能しはじめていて、だからもう故《ゆえ》なく一緒にいるわけではないのだよ、ということになるのだろうか。しなくてもいいこと、は儀礼と共に終わって、してしかるべきこと、だけが残った。けれども、本当にそうだろうか。婚姻したぐらいのことがわたしたちにとって、本当に十分な理由になるだろうか。

「居合わせたということだけを理由にして、実際にはしなくてもいいことをする」ことについて考えていると、頭の中で「乗りかかった船だ」という明るい声が聞こえてくる。劇作家・演出家として知られる小林賢太郎さんのソロコント「コミヤヤマ」のせりふだ。場面は電話のベルからはじまる。電話のある部屋は無人で、しばらくベルの音だけが響いたあと、部屋の外から男が急ぎ足で入ってきて受話器を取り、こう言う。

「はい、通りすがりの客員教授ですが。すいませんね、ずーっと鳴ってたもんで、緊急なら事だと思って出ちゃったんですよ」

　登場からしてすでに「居合わせたということだけを理由にして、実際にはしなくてもいいことをする」をやりまくっている彼の名こそが、「コミヤヤマ」である。「現代雑学部応用雑学科メタ応用雑学の非常勤講師」を名乗る、気さくだがどこかズレた男、コミヤヤマ。部屋は大学の研究室で、電話の主はその研究室の教授、それに通りすがりのコミヤヤマが受け答えをする……というコントだ。コミヤヤマは一方的に自分の専門分野について語ったかと思うと、みょうに電話の用件を知りたがり、さらには干渉したがる。そのときに彼の言うのが、「乗りかかった船」なのだ。

「どうされました？　いやいやいや、関係ないってことはないでしょ、乗りかかった船だ。……ううん、乗ってるし。忘れ物？　ほら大変だ、見つけてお届けしましょう。はいはい、あるかないかだけでね」

　どうやら電話の相手には煙たがられているようだが、それを気に留めることもなく、コミヤヤマは自分ひとりしかいない研究室で暴れまわる。その、迷惑なのがおもしろい。頼まれてもいないのに忘れ物を探し、勝手に備品をいじり、自分の研究の話につきあわせる。電話を切ったあとにはトレイに入った砂と貝殻を見つけ、採集してきた砂から形のいい貝殻だけをより抜いているのだと気がつく。そしてまたも勝手に、その作業を手伝おうとする。そのときも言うのだ。

「乗りかかった船だ。やっちゃうか」

自分の部屋にコミヤヤマが来ると思うと本当に勘弁してほしいけれど、しかしわたしは、彼にあこがれる。コミヤヤマのうっとうしく、そして可笑しいのは、彼が「自分に関係している」と認識する範囲が多くの人の感覚を逸脱しているところだ。「たまたまそこにいた」ということを重くとらえるあまり、本来であればしなくてもいい、それどころかしないほうがいいことを、コミヤヤマは執拗《しつよう》なほどにくりかえす。コミヤヤマのズレは、つきあうことのズレそのものである。その結果、電話の向こうの教授はおそらくうんざりするか憤慨するかし、研究室はめちゃくちゃになってコントは終わる。

コミヤヤマを見ていると思う。つきあってしまうことは乱暴で、可笑しくて、おそろしい。ひょっとしたら、わたしたちのふつうおそれる、つきあわせてしまうこと以上に。わたしはほかでもない、それが怖いのだった。通りがかったドアの向こうで電話が鳴りつづけていても、わたしなら出ないだろう。「どうせ、自分には関係ないだろう」と言って。そしてひとたびそう思ってしまうと、なにもかもがそんなふうに見えてくる。自分がいることのわかりやすい必要がほしいと思っても、そんなものは実際どんな関係の中にもないのだ。自分の必要なさへの足踏み。それが、わたしのつきあいの悪さの正体である。

けれどときどき、コミヤヤマのような乱暴さがほしいと思う。たまたまそこにいたという理由で、あつかましく、えいやっと関係してしまいたい。「乗りかかった船だ」と言いはって、いる理由のない自分がいることに、堂々としてみたい。

そのときも、夫をつきあわせていた。二〇一八年に東京オペラシティアートギャラリーで開催された「谷川俊太郎展」、休日で、カップルや家族連れでにぎわっていた。たいして詩に興味を持たない、かつ人混みをきらう夫は、なにか不当な目に遭っているという顔をしていた。展覧会に行くとたいてい夫のほうが足早に進み、わたしがひとつひとつ立ち止まりながら、ゆっくりあとを追いかける。うっかりすると、ときにはぐれる。一度見失った夫の姿をふたたび見つけたとき、夫はめずらしく、詩のパネルの前で立ち止まっていた。近寄っていくと、「おれたち」と言ってパネルを指さす。「ここ」という詩だった。

ここ

谷川俊太郎

どっかに行こうと私が言う
どこ行こうかとあなたが言う
ここもいいなと私が言う
ここでもいいねとあなたが言う

言ってるうちに日が暮れて
ここがどこかになっていく

（『女に』集英社）

「どっちがどっち?」と聞きながら、まあ、わたしが「私」だろう、と思っていた。しかし夫は「べつにそれは、どっちでもいい」と言った。

いまになって思う、確かにそうだ、わたしがまちがっていた。この詩に出てくる「私」と「あなた」の区別は、たいして大きな問題ではない。「ここ」ではない「どっか」に行こうと

話すふたりは結局、どこへも行かない。しかし「どっかに行く」ことは未達成に終わるのではなく、もともといた「ここ」が、行こうとしていた「どこか」になるというかたちで達成される。実際、わたしたちにはそういうことがよくあった。展覧会に行くのも、川を見たり歩いたりするのも、結局目的はあとづけで、行き先はどこでもいいのだった。夫にははなからそれがわかっていて、わたしに投げっぱなしにしていたのかもしれない。

詩に出てくるふたりは、どちらかがどちらかにつきあっているのだろうか。夫の言う通り、もはやそんなことはどうでもいいことに思えてくる。つきあわせてしまうことも、つきあってしまうことも、どちらもときに乱暴である。そう思うとあとにはやはりあの、ひとりではできない、したくないようなことだけが、ぽつんと残る。そして、そういうことが誰の中にもあるとしたら、どうだろう。みんな自分のさびしさや、もしかしたら苦しい欲望や、必要

のなさを持てあましているとしたら。

そういうとき本当は、つきあってもらうのでも、つきあってあげるのでもなく、半分ずつをお互いに持ちあいたいのではなかろうか。わたしたちはたまたま居合わせただけにすぎず、わたしがここにいる必要も、ここにいるのがわたしである必要もない。しかしそういうどうしようもないお互いが、どうしようもなくそこにいることになる瞬間が、ときどき訪れるのだ。「自分には関係ないだろう」というおそれを、あつかましく飛び越えなくてはならない瞬間が。

そして、それは夫との関係にはかぎらない。急に悩みを打ち明けはじめた親戚の隣に座っているときだったり、お店を出たあとの友だちをふと引き止めたくなるときだったりする。そういうときに本当に必要だったのは、「誰か『と』つきあう」のでも、「なにか『に』つきあう」のでもない、複数の「わたし」によって分けあわれた主体である「わたしたち『が』つきあう」ことなのではないか。やっぱり「つきあう」ことを恋愛だけの小さな言葉にしておくのはもったいない。乗りかかった船のことを考える。ばらばらの脚を乗せてひとつの方向へ進む、頼りない船。関係ないと言ってしまえばそれまでの関係が、しかしときに猛烈にほしくなる、理由のないわたしたち。

だからやっぱり婚姻なんて、たいした解決にはならない。してしかるべきことなどないいまのわたしたちが、しかしここにいとどまろうとする以上は。もともと恋ともなんとも関係

なく、そうだ、つきあってきたじゃないか。「つきあって」とあらためて言うと夫は、「なに
に？」と言う。それでやっとわたしも、「なにに、とかじゃないんだよな」と言う。そんな
ふうに思いながら腰かけるとき、愛がすぐそばにあると思う。しかも、家の中にも外にも、
誰とのあいだにもあちこちに、めちゃくちゃにある。

つきあう

ペットボトルに水道水を汲んで
半分は植木鉢へ
半分はじぶんの口へ注ぐ

土も
喉を鳴らすということがある
土のやりかたで

愛する

愛のことを考えたかっただけなのに、ずいぶん離れたところまで来た。愛のまわりをぐるぐる回るように試してきた定義を、ここで一度見なおしてみたい。

好きになる：自分の一部にしたいと思ったものが、しかし自分ではないとわかること。それでいて、他者であるそのものを好きな自分、つまり対象そのものではありえない自分を、よしとできること。

恋（あらためて）：ありふれていないことを要請する集団を離れて、自分たちがありふれていることを楽しめるような、小さくて新しい集団を作ること。それでいてその小さな関係が、なかなか得がたいよい関係、ありふれていない関係としての愛への途上である、と期待すること。

ときめき：相手が自分の思い通りになってほしいと思っているのに、それが達成されるかが不確実なときに起きる不安。それに伴う身体的なリアクション。

性欲：社会の中に自分の性的な役割があることを願い、自分をそれに任命してくれる相手を探し求めること。自分と相手とを、自分の望む社会的な性関係の中へ当て込もうとすること。

つきあう：自分が相手と居合わせたということだけを理由にして、実際にはしなくてもいいことをすること。

なにかを「好きになる」には相手と自分とを混同せずにすむほどほどさが必要で、愛という言葉がときに背負わされるあの重さや危うさ、はるばるとした逸脱はその向こうにある。「恋」とは愛を仮定した上での期待であるとしたら、「恋と愛の違い」からわかるように、そもそも愛とは異なること自体が「恋」の要件に含まれるようだ。だから恋とは愛ではなく、そして「ときめき」もまた違う。ときめきという身体的なリアクションが起こるのは愛のあるからではなく不安があるからで、わたしたちがときに他人に「性欲」を向けたくなるのもそれと似ている。性欲がまず望むのは、目の前にいる相手との関係よりもむしろ、もっと広い人間関係の中に内包された既存の関係であるように思え、わたしにはそれがどうも愛とは似て見えない。つきあうことはもっとも愛の気配を感じさせたけれども、しかしやはり、それ自体がすなわち愛というふうには言えないだろう。

こうしてふりかえってみると、ここまでおこなってきたのはみんな、「Aは愛ではない」という消去法だった。愛がなにかということはわたしにとってこの上なく重大な問題で、愛についてなにかを言おうとすると、ぐっと身体が力んでしまう。そして力んだ身体は、なにかを考え、言葉にすることに向かない。だからわたしにはこの迂遠な道のほか、愛に近づく道が見つからなかった。とくに、ひとつひとつの言葉について、あくまで自分の生活上の問題や手ざわりから出発しようと思ったら。「愛はAである」はいつまでも言えず、かろうじて言えるのは「Aは愛ではない」ばかりだった。半分は愛から逃げ回るような、それでいてもう半分はじりじりと這《は》い寄っていくような、ふしぎな道のりだった。ぐるぐる回りはじめる前の「友だち」や「敬意」や「やさしさ」だって、その道の一部だったかもしれない。

正直に言えば、その道のりでさえ「Aだとしたら、Bだと言える。Bだとしたら……」というような仮定のくりかえしでしかないように思えて、とても頼りない。いままさに、自分のこしらえた紙の橋の上を、えっちらおっちら渡ろうとしているように思える。それに、愛のところに来るまでに、本当はもっといろんな言葉を経由したほうがよかった気がしてならない。たとえば約束すること、養うこと、あわれむこと、問うことと答えること、ふれること、それから死ぬこと、わたしにはどれも愛と関係して見える。けれどもそれを素通りしてきてしまった。遠回りと言いながらも、しかしまだ近道をしすぎたような気もしている。

とはいえここまで来たのだから、ともかくどこかで腹をくくって、愛について書きはじめないといけない。どうして愛がそうもわたしに重大かと言えば、それが他人の問題にほかならないからだ。わたしにはなにより、他人のことがよくわからない。さんざん困らされてきたし、困らせてもきた。ここまで書いてきたように、くりかえし告白にうんざりし、くりかえしくびになり、もっと昔には登校拒否をした。明るい接客にひるみ、友だちとやりあい、夫ともやりあって、首をかしげながら暮らしてきた。そしてだからこそ、ずっとひりひりと興味がある。言葉の意味を考えているときにも、いつも同時に他人のことを考えている。「他人のことを考えている」と言うとまるで気づかいのようだがそうではなく、物陰からいじましく盗み見するようにして、単に「他人」そのもののことを考えているのだ。

そして他人の問題は、どこかで愛の問題に行き当たってしまう。ふたたび消去法を使って言えば、愛は性愛にかぎられないし、キャンペーン的に喧伝《けんでん》されてきたようなよいものにもかぎられない。だからどんな関係の、どんな他人のことを考えるときにも、やっぱり愛のことが問題になる。もはや愛を希少な、疑いなくよいものとは思わない。愛はあちらこちらにめちゃくちゃにあり、ときに不完全で、うとましい。そのような愛について、どんな言葉なら語れるだろうか?

愛について考えるとき、「マリア・ブラウンの結婚」という映画を思い出す。映画は結婚の誓いの言葉と、そして爆音からはじまる。戦時下のベルリン、マリアが夫となるヘルマンと入籍しようとするまさにそのとき、戸籍役場が爆撃を受けたのだった。新郎新婦も役人もみな地面に身を伏せ、書類が白く舞い散る中で、マリアとヘルマンは夫婦になる。しかし間もなくヘルマンは出征し、ドイツは敗戦を迎える。

マリアは、半日と一晩しか夫婦として過ごしていないヘルマンを、生きていると信じて待っている。けれど同じく出征していた友人が戻ってきてヘルマンが死んだことを告げられると、米兵の男と結婚し、その男の子どもを妊娠する。マリアはお腹の中にいる子どもが男の子であると信じ切っており、さらには顔なじみの医者に、子どもに「ヘルマン」と名づけることを宣言する。しかしヘルマンは生きており、ある晩うちへ帰ってくる。するとマリアはすぐに後夫をワインボトルで撲殺し、ヘルマンがその罪をかぶって刑務所に入ることになる。結局胎児が生まれることはなく、マリアは服役中のヘルマンのために仕事をはじめるが、同時に勤め先の社長であるオズワルトの秘書兼愛人となる。

マリアのすることは、観ているこちらの予想をつねに裏切る。一途でひたむきな女だと思っていたらあっさりと再婚し、かと思えば死んだ(と思っていた)夫の名前を子どもにつけようとする。まだ子どもの性別もはっきりしていないのにだ。ヘルマンが帰ってくるなり力づよく後夫を殺したにもかかわらず、身代わりにヘルマンが服役することはなぜか受け入れ、さらには新たな愛人まで作って、刑務所で面会したヘルマンに自らその不貞を打ち明け、けれど愛しているのはあくまでヘルマンで、それとこれとは話が別だから心配ないと説いたりする。観ているとそのひとつひとつ、ヘルマンへの愛かもしれない、といったんは思うけれど、そのたびにすぐ裏切られる。これも愛だろうか、と、いやさすがに違うかもしれない、をくりかえすうち、マリアの行動が目の前にずらっと並び、さて、どこまでを愛と呼べますか、と問われているような心持ちになる。

当然わかるはずもなく、しかしそれでいてマリアにははじけるようなエネルギーがあって、話が進むほどにわたしもマリアを好きになっていく。出てくる男たちが、苦境に追いやられるヘルマンさえも、どうしようもなくマリアに惹かれていくのもうなずける。マリアは敗戦直後のドイツで英語を身につけ、愛人という立場まで利用して、どんどん社会的な地位を得ていくのだ。ときに母親やヘルマンに「冷淡だ」「人が変わった」と言われても涼しい顔をしている。女の身を生き延びるために、そしてやはりどうやらヘルマンを愛するために、善悪さえない交ぜにしてあらゆることをおこなうマリア。たびたび語られるように愛がすなわち行為のことを指すのならば、彼女のような生きざまが愛そのものだと言えるだろうか。

けれどもわたしには、マリアを愛するふたりの男のほうが気になる。夫のヘルマンと、愛人であり上司のオズワルト。物語の中盤、オズワルトが面会にあらわれたことでふたりは顔をあわせる。最後にオズワルトは病で先立ち、そのときに財産の半分をマリアに、そして残りの半分をヘルマンに譲渡する。それを聞いたヘルマンの顔が鏡越しに画面に映る。出所したばかりでマリアとはどうも会話の噛み合わなかったヘルマンはそのとき、なつかしむようなほほえみをわずかに浮かべる。共にマリアにふりまわされ、互いに嫉妬もしたふたりがしかし、そのときはマリアを置き去りにして、深くむすびついたように見えるのだ。オズワルトの遺言は、このようにしめくくられる。

「深い愛を知る者のみが／他者の愛に敬意を表する／献上こそ支配者の美徳／ブラウン氏こそ――／その支配者となるにふさわしい」

わたしが夫と結婚して、四年が経った。夫は朝が早い。出かける前にはいつも、布団の中にいるわたしに出発のあいさつをしにくる。わたしはまだ日の昇らないうちに起こされたと思ったらもう夫が行ってしまうというので、いつもなにか納得がいかない。それでかならず、「だめだよ行ったら」と止める。まだだめだよ、もうちょっといなよ、いいよ行かなくて。夫は決して首を縦に振らない。かたくなに「行ってくるよ」とくりかえす。四回、五回そのやりとりをしたあと、わたしがあきらめて二度寝の態勢に入ると、夫は点《つ》きっぱなしになっ

ていた常夜灯を消し、静かにドアから出ていく。毎朝のことだ。

ほとんどの場合はそのままふたたび眠るが、ときどきどうも寝つけないことがある。そういうときはひっそりと障子をあけて、夫が家の門を出ていく姿を二階の窓から見ている。そのときもやっぱり、行くな、行くな、と思っている。身体の一部がちぎれて、持っていかれるような気持ちになる。遠ざかっていくスーツ姿の背中、その通ったあとに、点々と血が落ちていることを考える。わたしの血だ。

一緒に暮らして四年も経つと、ときどき夫を自分とまちがえる。おおむね毎晩同じものを食べ、おおむね毎晩ともに眠って、おおむね同じようなことで笑う。そうすると、夫の行動におおむね予想がつくような気がしてくる。自分が拡張されて、ただの自分よりもすてきな存在になれた気になってくる。そしてそのことが、のんびりとうれしい。だからときどき、夫がわたしにはおもしろくないものを観ていたり、わたしにはおもしろくない相手と会いたがったりしていると、ぎょっとする。うっかり忘れかかっていた、夫がわたしとはべつの個体であるということを、強烈に思い出させられる。

朝もそう、飲み会もそう、そのたび追いすがって自分のほうへ押しとどめたくなるのを、いつもすんでのところでこらえている。わたしの血が流れるのが見えてくると、そのみにくいのに、自分でうんざりする。そして思う。愛があれば自然と他人を尊重できるなんてうそだ。わたしが未熟なだけかもしれないけれど、少なくともわたしの中にそのような自然さはない。夫を愛するほどに、わたしは他人である夫を、その他者性を尊重しそこないそうになる。よっぽどそちらのほうへ自然に流れていく。

唯一愛のおこないであると言えそうなのはむしろその、こらえようとする力のほうだ。反射的にわたしを押しとどめ、さっきまでつながっているように思えた皮膚から血を流させて、しかしその場に立ち尽くさせる、あの力。文字通り身を切るような、手痛い忍耐の力。わたしにとってはまったく愉快ではない、そしておそらく夫にもなにが起きたかわかっておらず、愛の実感を与えることもない、あの痛みの瞬間が、愛によるものではないかと思うことがある。

運営している国語教室で子どもたちを教えるときにも、ふと同じような痛みの前に立たされる。毎週子どもたちと会っていると必然的に、彼ら彼女らの苦しみや喜びについて話を聞き、一緒に悩み、また来週ね、と言ってはその経過を共に追うことになる。受験ももちろんそのひとつだがそれだけではなく、勉強のほかにも家族の問題や友だちづきあいの問題をよく聞かせてもらう。毎週話を聞きつづけていると、こちらもどんどん他人事ではなくなってくる。わたしは生徒たちのことが基本的に好きで、ちょっとすると彼らが喜んでいるのが自分のことのようにうれしく、また苦しんでいるのが自分のことのようにつらく思えてしまう。それが教える者としての美徳である、とは、まったく思わない。悪いことであると思う。簒《さん》奪《だつ》にほかならないと思う。

生徒のことでわたしが苦しんだ結果ついついわかったふりをしてしまう、という事態をおそれるのはもちろんのこと、喜ぶことでさえも簒奪である。大袈裟でなく、彼ら彼女らのためになるならばわたしのできるかぎりをしてやりたいと思うけれど、しかしそれが結局わたし自身の苦しみや喜びだけのためになってしまうのなら、やはりおそろしい勝手にならざるをえない。なにより、夫を愛するあまりに自分とまちがえるように、生徒たちを愛するあまりに自分とまちがえてしまったら、と思うと、わたしにはそれが怖くてたまらない。

だから、ときどき自分に強く言いきかせる。大切に思うほどに、子どもたちの感情も問題も決して自分のものにしてしまわないよう、まずは注意深く自分と切り離すところからはじめないといけない。夫に対するときと同じように、強くこらえなくてはいけない。そして、あくまで自分とはべつの存在である彼ら彼女らのために、だからこそできるかぎりをしないといけない。ときにおこなわないということさえ、できるかぎりをおこなうということのうちであるように。

ヘルマンとオズワルトの痛みのことを思う。マリアの不実に苦しめられながら、しかし刑務所でひそかにマリアを共有する約束を交わしていたふたりの男。マリアを愛しつづけようとした結実としてマリアの不実を見逃し、マリアにそれを知らせさえしない。マリアがヘルマンに対する自らの愛にかしずくようにあらゆることをおこなうのとは対照的に、ふたりはむしろおこなわないことのほうを選ぶ。ここまでで、映画の大まかなあらすじはかなり終盤まで書いてしまったけれど、このあとにさらに観る者を裏切るようなラストがあることは書かないでおきたい。しかしともかくそのラストシーンで、これまで勝ちつづけてきたマリアは、あきらかに敗けるのだ。

つまり、こういう矛盾を含んだ言い方がはじめて、愛の姿をあらわすのではないか——愛するためには、自ら愛に抗《あらが》わなくてはならない。ふたたび、消去法へと戻ってくる。愛はほどほどで自己完結することではなく、ある結果を求めて期待したり不安になったりすることでもなく、相手を思い通りにしようとすることでもなく、社会的な役割の中に自分と相手とを当て込もうとすることでもない。しかしそれは、愛が疑いなくよいものであることを意味しない。愛はときに相手を自分とまちがえさせ、簒奪をおこなわせ、他者に対するよりむしろ自分自身の愛そのものに対して従順になるよう誘惑する。そのような乱暴さを含めたすべてが、ときにおこなわないことまでも愛のうちである以上、わたしたちはもとよりこのような消去法でしか愛を語ることはできなかったのではないか。

すなわち、愛してしまうことをいかにしてまぬがれ、それでいてなおいかにして愛するか。

詩人の石原吉郎《いしはらよしろう》は、「詩とは何か」という問いに答えてこう書いている。

——ただ私には、私なりの答えがある。詩は、「書くまい」とする衝動なのだと。こ——

のいいかたは唐突であるかもしれない。だが、この衝動が私を駆って、詩におもむかせたことは事実である。詩における言葉はいわば沈黙を語るためのことば、「沈黙するための」ことばであるといっていい。もっとも耐えがたいものを語ろうとする衝動が、このような不幸な機能を、ことばに課したと考えることができる。いわば失語の一歩手前でふみとどまろうとする意志が、詩の全体をささえるのである。

（『石原吉郎詩文集』講談社文芸文庫）

詩にそのような矛盾を見出す石原の言葉を借りるのなら、同じく矛盾を抱えた愛とはいわば、愛するまいとする衝動であるのかもしれない。愛はおこなうことにあるのではない。愛を疑い、注意深く避けることにある。おこなうことよりもむしろ、おこなわずにいようとすることである。しかしそれでいながら、できるかぎり手を尽くそうとすることである。

実際の順序としては反対に、できるかぎり手を尽くそうとした結果、おこなわないことを選ばざるをえないことが多いようにも思うけれど、しかしあえてこの順番で言いたい。「おこなわないこと」に安住することもまた、「手を尽くす」ことからは外れてしまうと思うからだ。

つまり、わたしの近すぎる遠回り（これもまた矛盾を含んでいる）の果てに残るのは、このような不完全な定義であるらしい。

愛する：愛のうちにあり、しかし愛によって愛から乖離《かいり》したすべてのことをおこなわないこと。そして、愛のうちにある、そのほかのすべてのことを、できるかぎりおこなうこと。

どこがとくに不完全かと言えば言うまでもなく、「愛」を定義しようとする言葉の中に、「愛」という単語が入ってしまったことだ。それに、「愛から乖離したこと」がしかし愛のうちに含まれているという、どうしようもない矛盾を抱えている。これでは合わせ鏡のように意味どうしが反射しあって、結局ひとつの像もむすばない。それは結局のところ、「愛とは愛である」に近い、ノンセンスなことを言ったにすぎない。けれどこの、言葉のほうがつねにこちらに向かって問いかけてくるような空洞が、やっとわたしのおぼつかない手に、愛のしっぽにふれた感触を起こさせる。

愛

地にはなく　天にもないものが
はさまれた空中にあふれている

子どもになく　鬼にもないものが
子どもと鬼とにはさまれて
女になく　もうひとりの女にもないものが
女と女とにはさまれて

いちりんの小指が
空へ向かって立っている

友だち（訂正）

三十になろうかという秋の夜、「お友達になりたいです」と言われた。この、もっぱら人づきあいが苦手で、友だちの少ない、そして「友だち」という語のうまく使えない、わたしが。そうメッセージをくれたのは同年代の女性、その人も作家で、その日の昼間にはじめて仕事で会ったばかりの相手だった。

わたしはびっくりして、なんと返事をするべきか迷った。あわててはいたけれど、オッケーしたいと思っていた。その、ていねいなわりにみょうにストレートな申し出がおもしろかったこともあったし、なによりわたしもその人の話しぶりや作品に惹かれていた。友だちになること自体に迷う理由はなかった。

しかしメッセージを返そうとした指先を、同時に心のうちでなにかが押しとどめる。すなわち、何様。向こうから申し込んでもらったとはいえ、オッケーするとかしないとか、そんなことをしていいものだろうか。「はい、いいですよ、友だちになりましょう」なんて言ってしまうのは、なにか抵抗がある。あんまりへりくだるのもおかしいし、かといって、「いやいや、そんなかしこまらなくてもいいですよ（笑）」みたくフランクに返すのもしらじらしい。

「申し込まれて、オッケーを出す」ことに気後れを感じるとき、なにより怖いのはそのアンバランスさだ。明言されない上下関係のようなものが、そこにうっすらとでもあらわれてしまいそうなのが怖い。もちろん完璧に対等な関係などないとしても、少なくともそれをよしとしていることは伝えておきたい。そしてフランクな返事をすることもまた、「ていねいに申し込んでもらったことに対して、こちらはフランクに返せる」というようなかたちで、かえってわたしの優位を示してしまうような言動に思える。だから、いやだった。ていねいに言ってもらったことには、やはりていねいに。それでいて、「友だちになりたい」という内容自体は、やわらかに受け入れるかたちで……しかしまあ、こういうややこしいことばかり言っているから、友だちの経験が希薄なまま三十近くになってしまったのかもしれない。

それで最終的には、「よければまずお友だち（ＬＩＮＥ）になりませんか……」というくだらないメッセージと共に連絡先を送った。メッセージアプリのＬＩＮＥは、連絡先を交換した相手をなべて「友だち」と総称してしまう、その乱雑さがいつになくありがたい。するとすぐにメッセージが来て、わたしと彼女とはさしあたって友だち（ＬＩＮＥ）になることに成功した。けれどさて、わたしたちはこれで「友だち」になったのだろうか？

ちょうどそのときわたしはこの本を書きはじめたところで、第一回「友だち」の原稿を書き上げたばかりだった。そこでは、こんなふうに「友だち」を定義している。

友だち：互いに親しみを抱いている関係の名前。ひるがえって、自分が相手に対して抱いている親しみを、相手もまた自分に対して抱いていてほしい、という願いを込めた呼びかけ。

その人がわたしにしてくれた申し出は、まさにこのような「呼びかけ」だった。それも、日常おこなわれるものよりも、かなりわかりやすいかたちの。だからこそ、誰かを一方的に「友だち」と呼ぶことをついおそれてしまうわたしのような者でも、申し出を受け入れるという手順をすんなり踏めたのだ。

けれども当然のこと、それからわたしたちには、「呼びかけ」のあとが訪れた。

LINEのやりとりはしばらくつづいた。おずおずとあいさつをし、仕事で会ったときにしきれなかった話をすくいとるようなこと、お互いの日常のこと、それから、「友だち」という事象そのものについて話した。けれど、わたしたちはこれで「友だち」になったのだろうか。そのうちはじめてふたりでカフェに行き、何時間も話をした。いくら話しても、話題は尽きなかった。お互い苗字で呼んでいたところを「友だち」らしい呼び名に変え、敬語をやめるという取り決めもした。彼女からもらっていたプレゼントのお返しを渡して、ふたりぱちぱちとはにかんだ。けれど本当に、わたしたちは「友だち」になったのだろうか。

仲良くなっていくあいだ、ふたりとも、申し出をしてくれた彼女のほうさえ、大人になって突然できた新しい友だちの存在にずっとびっくりしつづけていたと思う。彼女もまた、友だちが多いほうではないらしい。ふたりしてずっとどこか身がまえつづけていたし、さらにはそのことをお互いに明らかにしていた。「友だちになるって、どうやったらいいんでしょうね」といたずらっぽく言いあいながら、ＬＩＮＥを交換し、プレゼントを交換し、あだ名を決めて、お茶をする。プレゼントのついでに、ひとつ、ふたつの小さな秘密も、お互いに渡しあった。

わたしたちの仲良くなりかたは「友だち」のチェックリストを埋めていくみたいだったたし、そのことを自分たちで外がわから指差して笑ってもいた。わたしたちは、「友だち」の渦中にいる当事者でありながら、自分たちの身に起こった「友だち」といううめずらしい現象の観測仲間でもあった。「友だち」のメタフィクション的な楽しみ、つまりわたしたちの関係はそもそも、いくらかフィクション的だった。するとやればやるほど、「友だち」とはなんなのかがよくわからなくなってくる。

そのときわたしは、「『友だち』になれてうれしい！」とわざわざカッコつきで言いあうときも、「友だちって、これでいいんだっけ?」みたいにとぼけるときも、同時にずっと「友だちになりたい」と思っていた。これは明らかにおかしい。ごはんを食べている途中に「ごはんを食べたい」と言ったり、なんらかのチャンピオンになったあとに「チャンピオンになりたい」と言ったりするようにおかしい、しかし心からそう思っていた。「友だちでいつづけたい」ならまだわかる。けれどそれともまた違う、「なりたい」はあくまで「なりたい」だった。わたしがしたいのは現状の維持ではない。いまとは異なるものになりたいのだ。

そして、これは勝手な想像かもしれないけれど、彼女のほうでも同じように感じてくれているような気がした。少なくとも、彼女からはわたしと似た不器用さを感じる。アプリの表示上の「友だち」になった、それから実際にプライベートで会った、しかしふたりともなんとかさらに自分の「ラブ」を示そうとしてしまう。いつからかわたしたちは、お互いに対する親愛の情をおおむね「ラブ」と通称しているのだ。迷走の結果、ちょっとやりすぎているかもしれない。それでいてふっと「友だちとは……」と醒めてみせる。お互いに共通認識を持った「友だち」でありながら、ふたりとも「友だち」のことがよくわかっていない。そして、それぞれで「友だちになりたい」と望んでいる。いつまでもずっと、雲をつかむように「友だち」になろうとしている。

わたしたちは本当に「友だち」になったのだろうか?

あらためて第一回「友だち」を振り返る。友だちとはすなわち、呼びかけであると書いてある。これにはあきれた。まるで実体を伴っていない、机上の空論にもほどがある。なんせいまいるここは、その「呼びかけ」のあとの、名前を持たない空洞なのだ。しかしそれでいて、確かに「友だち」の問題はありつづけている。すなわち、「呼びかけ」られたそのあとで、わたしたちはどんなふうに「友だち」になるのか。それがわからない。「呼びかけ」のことを話しただけでは、実際の関係である「友だち」についてはほとんど話していないに等しい、つまり、わたしの定義はまだ、「友だち」に足りない。わたしが彼女と知りあう前にした定義には、生きている他者とむすぶ関係の有機的な手ざわりが、すっぽり抜け落ちていたのだった。

それなら、呼びかけのあとにある「友だち」とはなんだろう。決まったかたちのない、何人作ってもかまわない、けれど誰でもいいわけではない、そして、三十を手前にして恵雨のように目の前にあらわれた、この「友だち」というものは、一体なんなんだろう。

思い返してみれば、これまでにできた「友だち」たちとは、これほど意識的に仲良くなろうとしたことはない。つねに、なんとなく仲良くなったよね、というようなテイを保っている。わたしはいつもどこか受け身で、逃げ腰だった。わたしたち、たまたま仲良くなって、たまたま一緒にいるだけだよね。だから、いつこの関係が終わっても、べつに大丈夫だよね。

ね？　実際にはかならずしもそうではないのだが、そういうテイでいるほうが都合がいい。のちのちなにがあっても無傷でいられる、そうでなければ。なんたって、他人の心にはいつなにが起きるのかわからないのだ。わたしのような、すぐに考えすぎる、そのくせところどころでへんに鈍感な者にとっては、なおさら。

勝手に「友だち」と呼んでしまうことをおそれるわたしの慎重さはそのまま、いざ友だちづきあいに移ったとたん、いつそれが終わっても大丈夫でいられるための準備をはじめるのだった。関係が途切れてしまうのは怖い。相手が大切な、かけがえのない存在であればあるほどに。さらに反転すると今度は、大切になるのは怖い、が訪れる。これが「恋人」ならば、友だちよりはいくらかましだ。程度の差こそあれ、そこに約束のある感じがするからだろう。恋人ならいつ恋人になったかもはっきりわかるし、終わるときにはある程度説得力のある理由も求められる。まず相手を大切に思うこと自体も、約束の中に織り込まれ、許されているようにも思える。けれど「友だち」はやっぱりせいぜい呼びかけで、約束には決してなれない。だから、いきなり終わらせられてしまうこともありえる。事実これまで、たびたび我が身にありえてきたのだ。

けれど、「友だち」の居心地悪さの理由はほかのところにもある。

結婚してしばらくすると、自分の暮らしている家に夫が帰ってくることにも、同じ食卓で食事をすることにも慣れた。われわれ夫婦は同棲を挟まずにいきなり結婚したから、はじめはひとつひとつがうらうらとおもしろかったものだった。けれどややもすると忙しさにかまけて、目新しさを見逃すことが増えてくる。結婚する以前が過去として遠ざかってゆくにつれ、次には未来のほうが気にかかってくる。これまでと比べたときにはめずらしくておもしろかったことも、これからと比べてしまえばありふれた、連続の一部分にすぎないように思えてくるのだった。

それが自分で不気味になって、ある日夫にこう提案した。

「ねえ、他人の次が恋人でしょう、恋人の次が夫婦でしょう、そのまた次があったほうが気がゆるまなくていいよねえ。結婚よりもすごい感じの、なにがいいかねえ、〝神獣〟だとか……」

すると夫は間髪を容れず「し、しんじゅう……⁉」とすごい顔をして、それはわたしの名案におののいているのではなく、単に「心中」と聞きまちがえているのだった。そんな。ただちに訂正したもののときすでに遅く、夫は不穏な面持《おもも》ちになり、わたしのほうも夫に「心中」を聞きとらせるほどの自らの素行の悪さを省みてしおれ、提案はなあなあに過ぎ去ってしまった。けれど、いまでも思っている。まだあと何十年もある予定なのに「夫婦」で終わりというのは、締まりがない。そしてなにより、不安である。

そうして、はじめてわかった。「友だち」に比べて「恋人」が不安でなかったのは、単に約束のある感じがするからというだけではない。そこが通過地点にすぎないと思っていたからだ。夫婦やパートナーとして家族になるとしても、そうならずに別れるとしても、ともかくいつまでも「恋人」というだけではいられない、そういう宙吊りの気持ちが、かえってわたしを安心させていたのだった。けれど「夫婦」になってしまうとそうはいかない。ここはすでに名前のついた関係としてはゴールで、ここから先はただこれを継続していくことのほかにないのだ、という重みが、しんしんと迫ってくる。

「友だち」にしてもそうだ。夫婦よりもずっと気軽に「友だち」になるやいなや、しかしすぐに最終地点に立たされる。わたしと彼女もまた、すでにその地点に立っている。ふざけてメタフィクションごっこをしていたとしてもだ。そうして、その先でできることは唯一、継続だけである。きっと、そのとくに目指すところのない感じが、どうにもわたしたちを困らせたのだろう。それでなんとなくチェックリストを埋めてはみたものの、それがすなわち友だちの要件とはならないことも、お互いひそかによくわかってしまう。結局、不器用なふたりなのだ。できることは端からやりたいと思ったものの、実際のところいますぐ取りかかれることは数えるほどしかなく、あとはただそこにいるとか、ときが経つのを待つとか、そんなことしか残っていないのだった。

とても当たり前なことを、あえて取り立てて言ってみよう。わたしたちはひとたび友だちになってしまえば、いつか友だちでなくなるか、さもなければいつまでも友だちでいるほかない。そしておかしなことに、その、どちらもが不安である。小学生のころなんかによく「親友」と言ってうれしがったのは、きっとこの不安をごまかすためだったにちがいない。しかし大人になってしまったいまでは、その呼び分けがたいした意味を持たないこともわかっている。もちろん、ときには友だちから夫婦になったり、家族になったり、師弟になったりすることもあるものかもしれないけれど、少なくともわたしたちの関係はいまのところ、それを想定していない（と思う）。

つまりきっと、友だちであるとは友だちでいつづけること、少なくともそれを予期することである。友だちとはある地点ではなく、道の全体を呼ぶ名前なのだ。けれども道を行くあいだにはみんな、なにかを見たり、拾ったり、反対に落としたりしてしまうものだから、変わらずに誰かと友だちでいつづけるのはなかなかむずかしい。それでも、わたしたちは友だちになろうとする。友だちになったあとにもまだ、やっぱり友だちになりたい。

友だち（訂正）：関係をつづけることを約束しなくても、互いにわけもなく親しく思いつづけられる相手のこと。そして、これからそのような状態を継続したいという願いを込めた呼びかけ。

「友だちになりたい」とはつまり、「友だちになりつづけたい」ということでしかありえない。だからやっぱり、わたしは死んだ友だちにも呼びかけつづけるだろうし、その返事を聞きとることはできないとしても、待っていることはできる。わたしと彼女の呼びかけも、「友だち」になったあとでも、これから何度も起こるだろう。

さらに本当のところで言えば、友だち、と呼ぶだけでは足りない、関係につける名前なんて問題にならないぐらいの、あなたなのだ。継続とはつまり血の通った実体のことで、その目まぐるしさの前では、決まった名前をつけることなんて本当はどうでもいい。けれどそれでいて、わたしたちが「友だち」であるというそのことが、変わらずにはいられないわたしたちが継続をおこなうための、かすかな道しるべになってくれる。ときに喪失をおそれ、ときにそのために大切になることをおそれながら、わたしたちはゆくのだ。そのためにこそ、わたしたちは半分無理やり、ときにくすくすと斜にかまえながらも、「友だち」と呼びあっているような気がしてならない。

さて、わたしたちはいつ、本当に「友だち」になるのだろうか。彼女とはそれからもやりとりをし、ときどきお茶をすると半日ほども話し込み、次に会う約束もしている。すでになっているとも思うし、まだなれていないとも思う。ただ、彼女と友だちになりたいと思うたびに心のどこかが怖がろうとするのを、わたしはひそかにおしとどめている。もう、逃げ腰はやめる。彼女だって友だちを作るのには慣れていないというのに、あんなに大胆にわたしの「友だち」に名乗り出てくれたのだ。わたしももう言い逃れはできない。わたしたちはたまたま仲良くなったわけではない、お互いにわざわざ選んで友だちになったのだ。

だから大切になることを怖がらないでいたい、けれどそれは失うことを怖がらないという意味ではない。反対に、きちんと怖がりたい。失うこと、そして傷つくことを、涼しい顔で予防してしまわずに。わたしたちはどうしようもなく変わっていくし、他人の心に起きていることはやっぱりわからないままだ。どれほど大切に思ったとしても、わたしと彼女はいつ終わってもおかしくない。けれどいまならようやく、その痛みを呑《の》み込むかまえができそうな気がする。

そして、もしもその覚悟ができたなら、そうしてなお彼女と友だちでいつづけられたのならそのときにやっと、わたしは彼女と友だちになったと言ってみたい。胸を張って、フィクションでもメタフィクションでもない、生きているこの自分として。

友だちⅡ

どうして日傘を二本も持ってるの
と訊いたら
君は一本をこちらへさしだし
そのほかに弁明はなかった
正午

めまいと怒り

ニランジャン・バネルジーというインドの詩人と共演したことがある。ニランジャンはかの有名な詩人タゴールの精神を継ぐアーティストであり、タゴール館の館長でもあるという。共演のあと、わたしはどうしてか彼と親しくなり、吉祥寺のあんみつ屋さんでお茶もしたし、来日に合わせておこなわれた書の展示も見に行った。タゴールもニランジャンも日本の文化を愛していて、強く影響を受けているという。ニランジャンの書はベンガル文字で書かれている。知らない文字が和紙に墨で書かれているのもおもしろかったし、意味がわからなくても伝わってくる迫力があった。

展示会場で会ったニランジャンは、軽いしぐさで壁にかかっていた書作品をひとつ取り、わたしに手渡した。つたない英語でわけを聞くと、なんとわたしにくれるのだという。一緒に見ていた知りあいの詩人、村田さんもほかの一枚をもらっていて、どうやらそれぞれに合うものを選んでくれたみたいだった。わたしにくれたその作品は「怒り」と書いてあるのだとニランジャンは言った。ベンガル語の「怒り」はラァグと発音するらしい。ラァグ。

「それはなんて書いてあるんだって？」と村田さんに聞かれてそう話すと、村田さんは腹を抱えて笑った。むっ、なんだいなんだい、という気持ちになる。言うまでもなく、わたしの素行をよくよく知った上で、似合う、似合うと笑っているのだ。むむっ。反撃半分で聞きかえす。

「じゃあ、村田さんのはなんて書いてあったんですかっ」

「『かかし』だって」

「かかし……？」

思ったよりも単語の範囲が広くてひるんでしまった。感情の中から怒りが選ばれたのではなく、ノージャンルの中から怒りが選ばれたのか。「かかし」もまた村田さんの気に入ったみたいで、ぴったりじゃん、最高だよ、と言ってなおも笑う。

もう四、五年前のことになるけれど、いまでもその作品は大切にとってある。ときどき眺めると、やっぱりふしぎな気持ちになる。ラァグ、怒り。気まぐれみたいにわたしのところに訪れた、理解のできない言葉。

確かに素行は悪い。怒っては縁を切られ、ときに切り、切らないまでも気まずくなり、停学になり、長いブログを書いたらへんに拡散されて今度は気に病み、いろんな人に叱られてきた。「短気は損気」と書いて待ち受けにしていたことさえあったけれど、たいして役には立たなかった。

怒るとき、わたしはいつもあきらめている。どんなときもなるべくなら怒りたくないと思っている。けれどわたしの肉体というのはあまり融通がきかず、すぐに涙が出たり、手がふるえたりしてしまって、そうするとなにごともなかったようには終われない。それで、ああ、もう怒るほかないのか、とうなだれながら怒るのだ。

そのときはとくにひどかった。居酒屋で、隅のテーブルに座っていた。わたしはすでに泣いていたし、発する言葉という言葉がはじめの一音で吃《ども》った。少年期にできた吃音《きつおん》ぐせは、すっかりいなくなったと見せかけて、いまでも不意に顔を出す。話す準備ができていなかったときや、過度に感情が昂《たかぶ》ったときなんかに。それが来たのだ。同じく吃音の傾向のある友だちと話したところによれば、人によって得意な音と苦手な音とが違うらしい。友だちはkの音が苦手で、わたしはnとdの音が苦手である。そうして日本語というのはやっかいなことに、なにかをたずねたいとき、ほとんどnかdを発声しないといけないようにできている。どっちですか、何階ですか、どうしたらいいですか。だからそのときも舌が、d、d、dのところで詰まった。言いなおそうとするうち涙が出てきて、同じテーブルについていた人たちは息継ぎみたいに押し黙り、こちらに注目した。だからもう、怒るほかない、と思った。吃ったときは語順を入れ替えて、苦手な音を文頭から外すのがいい。それで口から出たのは、こんな言葉になった。

「……社会の、社会の厳しさを勝手に教えようとして、厳しくふるまうことが、次の社会の厳しさそのものになるということが、どうして、わからないんですかっ」

しゃべっているあいだも頭の中では、後回しにされた「どうして」が、ずっと貼りついていた。くりかえし詰まるd、d、dはみんな、どうして、どうして、どうしてだった。会社の飲み会だった。上長が店員の女性に対してばかにした態度をとり、わざと知識を試して困らせるようなふるまいをしたり、個人的なことを聞き出そうとしたり、ということをくりかえしたのだった。女性は新人で、まだアルバイトをはじめて数日であるという。はじめから何度も「やめてください」「すごいイヤな言い方!」「ほんとにイヤです!」と言ってはいたけれど、聞き入れられない。そのときはまだ怒らずにすませたいと思っていたけれど、「いじめてるんじゃないよ。これも教育だから。こうやって社会の厳しさを学ぶんだよ」と言われたところで、もうだめだった。会社の事業のうちには、教育も入っていた。

わたしが怒鳴った瞬間、お店にいた人たちがみんなこちらを見た。わたしはもう息が上がり、机に載せた握りこぶしはふるえて、ひどく無様だった。そのとき、これまで血の出るほど反復してきた、「どうして、あのとき怒らなかったのか?」「どうして、あの場で声を荒らげるひとりになることができなかったのか?」という後悔がついに、ついに果たされたのだった。そしてそれは、まったくわたしの思ってきたかたちにはならなかった。怒ったことは本当になんにもならなかった。上長は不快そうな顔をしたあと、まずわたしが怒鳴ったことをとがめ、内容に関しては自己弁護さえしなかった。さっきまで一緒に上長をたしなめていたほかの女性社員も上長と一緒になって、わたしの、そして怒るという行為の未熟さについて話をした。もっと悪いことにはもしかしたら、当の女性のことまでみじめな気持ちにさせてしまったかもしれない。

そうして、あのとき怒ればよかったな、と思ってきたことのすべてが、本当はそれよりさらにどうしようもなかったのだと思った。これまで血の出るほど反復してきた、あのとき、、、、。ほかの会社の飲み会で、先輩が「海外の風俗に行くと金銭感覚が違うから王様あつかいしてもらえておもしろいよ」と話していたとき、仕事で会った相手に何度も手を握ろうとされたとき、そこにいない人が「あいつ障害でしょ」と言われているのを聞いたとき。そのいずれも、わたしが怒ったとしてもきっと、なんともならなかったにちがいない。

怒るときわたしはいつも、すでに怒っている。手がふるえ、声が詰まりながらも出てこようとするより前から、目に見えない怒りがすでに生まれている。そうしてその怒りを、怒れないまま見逃すことも、あきらめて怒ることもある。けれどどちらも役に立たないのなら、生まれてしまった怒りを、一体どうしたらよいのだろう。

ある朝起きたら、目のピントが合わなくなっていた。遠くを見ていても寄り目をしているときみたいに目が痛むし、立ち上がると頭がくらくら揺れる。そのうち部屋にいながら車酔いみたいになってくる。これはよくないと病院に行ったら、良性発作性頭位めまい症、ついでに眼精疲労と診断された。原因はおそらくストレスと液晶、ようは考えすぎと書きすぎということである。

良性、というのは人を安心させるよい響きだが、わたしはげんなりしていた。知っている病名だ。肘かけに半身を預けるようにしてソファに座っていると、症状はいくらか楽になる。目をつむるとさらに。まぶたの裏には光のあとが記憶みたいにもにゃもにゃ名残って、わたしは思う。

これか、めまいというものは。

「めまい」という言葉は、身体から来る症状だけではなく、精神的なリアクションのことも連想させる。フィクションの中でめまいはしばしば、なにか信じられないことが起きたり、恐怖を感じたり、あまりにもひどいことを言われたりしたときの描写として登場する。代表的なのはおそらくヒッチコックの映画、その名もストレートに「めまい」で、高所恐怖症の男がめまいを起こすシーンが劇中にたびたび登場する。景色が勢いよく引き延ばされていくような映像が印象的で、六十年以上前の映画だが、使われた撮影技法がいまも「めまいショット」と呼ばれるという。

わたしはさほど映画に詳しくないので、それがどれほどすごい技法なのかはわからないけれど、めまいというものが主観で描かれることには惹かれる。人物の姿を外がわから眺めてきた観客の目線がその瞬間だけ男の目線に移り、共にめまいを経験するのだ。現実を生きていては、こんなことはありえない。他人の身体に起こっていることは、あくまで外がわから眺め、類推するしかない。

良性発作性頭位めまい症は、母の持病だった。わたしが少年期に差しかかり、中学校の教師からの電話や呼び出し、反省文の請求が止まなくなるにつれて、母はよく寝込むようになった。寝室へもぐっていくとき、母は決まって言った。なにかこちらの神経にさわる、過度に細い声で。

「ごめんね、ママ、めまいがするから、今日は寝るね……」

良性、のふた文字は、そのときはそこまでわたしを安心させなかった。それまでおおむね元気だった母が、リビングの明かりをつけたままで動物のように巣穴に戻ってしまうと、なぜか腹が立った。心配する一方で、問題行動をくりかえすわたしを責めているようにも思えた。けれどもわたしはやっぱり怒っていたから、授業中に校内で失踪するのも、購買で買ったカッターナイフをクラスメイトに配るのも、音楽準備室の窓から屋上に忍び込むのも、どうしてもやめられなかった。購買部はカッターナイフの販売を取りやめ、そして母はめまいを起こして寝込むのだった。

めまいは熱も血も出さない。母が「めまいがするの」とささやいてはじめて、そこに訪れているらしいとわかる。実体のつかめないその症状はだんだんただの文字の並びのようにも思え、寝室の暗がりに不気味に響いた。めまい。母の中に起こっていることを体験することはできないし、それが身体から来るものなのか、心のうちから来るものなのかもわからない。幼いわたしはときどき、めまいというのは本当にあるのだろうか、とさえ思った。母の詐病《さびょう》か、せいぜい錯覚にすぎないのではないか。

けれど十五年経って、ようやくわかった。めまいは本当にある。いまになって、母が横になりたがったことも、大袈裟にも見えたあのせりふ回しの理由も、よくわかる。視界がぐらぐら回っているときには、自然とああいう細い声になるものなのだ。

そしてまた、心のうちで起きることがこの症状に接続されてきたこともよくわかる気がした。そちらのほうにはむしろ覚えがあった。めまいは確かに、簡単には信じたくないようなことが目の前に起きたときの身体感覚によく似ている。痛みよりもずっと速く、平衡感覚の喪失が来る、あの感じ。ふだんあれほど疑わなかった上下左右の感覚が、にわかに絶対ではなくなる。足場はくずれて、視界のほうがぐるりと回る。そして、わたしたちは壁の上に立つのだ。傍目《はため》には横たわったように見えるかたちで。

「おれ、だめだなあ。もうさあ、こうやって怒ると、ほんとに自分のことが嫌いになるよ」

ワイさんがこんなに落ち込んでいるというのに、テーブルの上にはレバーの唐揚げや餃子、白身魚の唐辛子油で煮込んだのなんかが威勢よく運ばれてくる。ワイさんが主催したイベントの打ち上げである。わたしは基本打ち上げと名のつくものには行かないことにしているけれど、そのときはあんまりワイさんがしょげているので、のこのこついてきたのだ。

長いつきあいだから知っている。ワイさんもまた、わたしみたいによく怒る。それも、わたしが怒るみたいなことで怒る。わたしが飲み会で怒ったときにはワイさんにはげましてもらったし、ワイさんが安全管理を欠いたイベント運営者に怒って出禁を食らったときは、わたしがワイさんをはげましました。そのときワイさんを怒らせたのは、イベント中に起こったトラブル、中でも相手がスタッフの女性に向かって発した性的な暴言だった。話を聞いただけのわたしでも腹が立つようなことだったし、ほかのスタッフや出演者もみんなワイさんをねぎらっていた。それなのに、ワイさんだけがしょげていた。

「おれ、もっとうまくやれたよねえ。ほんとごめん。こんなに手伝ってもらって、それなのにみんなにいやな思いさせて、もうなんか情けないよ」

向かいあって座っていると、ワイさんのくやしさがひんやりと沁《し》みてくる気がした。よくわかる、と思った。会社の飲み会にしてもそう、学校にしてもそう、怒ったあとに、怒ってよかったと思うことはない。ことさらに後悔したくなるのはやっぱり、怒りが生まれる時点といざ怒る時点とにタイムラグがあるからだろう。怒りの感情があることと、怒るという行為をおこなうこととは、関連しながらわずかに異なる。怒りはいやおうなく生まれてしまうけれど、しかし怒るときには多かれ少なかれ、怒ることを選んでいる。それが自分の意思にほかならないことが、あとになってわたしやワイさんを苛《さいな》むのだ。

だからそのとき、なんとかワイさんをはげましたかった。よくわかる、と思いながら、しかし、違うじゃないですか、と思ってもいた。ワイさん、違うじゃないですか。ワイさんは自分だけが悪かったみたいに反省しているけれど、だけどワイさんが怒ったのは、ワイさんだけの問題じゃないじゃないですか。

このごろは、怒りは大切だ、と言ってくれる人もいる。けれどその先につづくのは、自分の感情を自分でみとめてあげようとか、自分で処理できる方法を身につけようとか、そんな着地であることも多い。わたしもまた、自分に対してはそんなふうに反省してきた。どうして、どうして、と吃りながら怒るなんてもうなるべくやりたくないし、ここまでに書いてきた通り、怒ったところでなにもいいことは起きなかった。もっとうまくやれたかもしれない、その通りだ。

けれど、ワイさんが怒ったりしょげたりしているのを傍目で見ていると、どうもそれだけとは言えない気がした。ワイさんの怒りがワイさんの適切なセルフケアによって収まったとして、それを解決と呼んでいいのだろうか。それは、もっと大きくて複雑だったはずの問題を、ワイさんひとりの問題にすりかえてしまっているだけにはならないか。むしろ、簡単には理解されない内がわのできごとを、しかしひとりだけのこととしてすませてしまわないために、わたしたちは怒るのではないか。ヒッチコックの映画がめまいの視点を経験させるように、あるぐらつきをせめて伝播《でんぱ》させようとして。めまいを患《わずら》って思い出したのは、怒りの記憶ばかりだった。怒ったとき、いつも痛みより先に、平衡感覚が失われた。

ひとりで壁の上に立って、ワイさん、さびしかろう。

めまい：共有されていた水準の感覚から不意にはぐれ、自分の暮らす世界がぐらつくように感じて、苦しむこと。視界がこれまでと、またほかの人の視界とも大きくずれているのに、傍目にはそれとわからないこと。

ときどき思い出す。長いつきあいだ。わたしが一度、ワイさんにひどく怒ったことがあった。これで縁が切れてしまうかもしれないと思ったら、怒りながらも悲しかった。けれどもそうはならなかった。ことが過ぎ去ったあとも、ワイさんはわたしに連絡をくれた。そしてあるとき、「あのときあなたが言ってくれたことは真っ当だったよ。いまはそれが自分の軸になってて、感謝してる」と言ってくれたのだった。ひと回りも年下で、ワイさんのイベントに出演させてもらっている立場の、そのくせ頑としてワイさんに怒ったわたしに。わたしはいま、ワイさんを尊敬してやまない。怒ってもなんにもならないことは山ほどあるけれど、しかし怒りを自分だけの問題だと思わないですんでいるのは、そんなふうに聞いてくれたワイさんがたったひとりいるおかげだ。

炒飯が運ばれてくる。冗談半分で「そりゃ、怒ると死にたくなりますけど、怒んないんだったら死んだほうがましですよ!」と強く言うと、ワイさんは笑った。

「まあ、やっぱおれが怒るときは、まず最初におれの中であなたがぶち切れる感じするもんね!」

「え! うそ! 違いますよ! わたしのせいにしないでくださいよ!」

「いやいや、そうだよ。あなたがまず怒ってくれるから、おれも考えなきゃいけないって思うんだよ」

ワイさんの目が、わたしをじっと見つめる。


部屋を国語教室に改装したときに一度外していた「怒り」の書作品を、最近また壁にかけることにした。ラァグ。不意に生まれてきては、その怒りをさて怒るのかどうか、わたしたちに選択を迫るやっかいな気持ち。

ひょっとしたら、わたしたちはもっと怒るべきなのかもしれない、と、このごろになって思う。怒ったあとに死にたくなるのは、怒ったからではない。むしろ、声がふるえて怒らざるをえなくなるまで、怒らずにいてしまったからではないか。めまいも怒りもひとりぼっちの視界に訪れる。そのせいで人からはうっとうしがられ、簡単にないものにされてしまう。

わたしがかつて母のめまいに苛立ち、つい知らんぷりをしたがったように。だからこそ、怒らないといけないんじゃないか。ワイさんが怒るのは断じてわたしのせいではないが、しかしこう言うのならわかる。怒りがまず生まれてくれるから、考えないといけないと思えるのだ。

だから、自分の怒りを大切にしたほうがいい、というのも、もっとうまくやれる、というのも、その通りかもしれない。けれどそれは、怒りを自ら処理してなかったことにするということではない。むしろ生まれた怒りを、もっとうまく怒る、ということではなかったか。もっと怒らなくては。次こそはもっとうまく、もっと速く。そしてそれは必然、もっと怒られなくては、ということをも意味する。

わたしのめまいは、薬を飲んだらいっぺんはよくなった。けれど、ちょっと夜更かししたり働きすぎたりすると、視界がぐにゃっと曲がるようになってしまった。それが母の視界に似るかもしれないことが、説教じみて重たいような、それでいて可笑しいような心地がする。母ひとりのものでしかありえなかったぐらつく現実が、十五年遅れてわたしのところへ訪れたことが。わたしは覚悟をしている。何度してもまだし足りないと感じている。いつか誰かが手を握りしめ、つっかえながらやっと出た声をふるわせて、泣きながらわたしを怒るだろう。そのときに、怒るという行為のことでもその人のことでもなく、わたしのものでもあるその問題のことを、わたしはどれほどに聞けるだろうか。考えるだけでぞっとする。自分のかたくなさや愚かさが、にわかにおそろしくなってくる。美しい筆文字はベンガル語で、怒りと書かれている。ラァグ。書いたことも、発音したこともない言葉。まっすぐにわたしに向かう、他人の怒りである。

めまい

こちらへ向かって倒れこんだのは
おまえでは　なかったのだが
抱きとめた瞬間それがわずかな割りあい
おまえを落とさないことと　ひとしくなるのだと
そのたびにいう父親だった

そして
どうしても　ひとしくはならないのだという
ひとことさえあれば
それですむはずの　子どもだった

さびしさ

さびしさは鳴る。

その一文ではじまる小説『蹴りたい背中』が芥川賞を最年少受賞したとき、わたしは小学生で、小説を書いていた。テレビに映る十九歳の綿矢りささんはきらきらしていたけれど、それでいて自分とさほど変わらない歳にも見えた。その少しあとにわたしは引っ越すことになり、転校した小学校の図書室で『蹴りたい背中』を見つけた。この一文に出会うのにぴったりのタイミングだった。図書室にばかりいたのは、本が好きだったからというだけが理由ではない。コの字型に中庭が置かれた校舎に、わたしのいられる場所は少なかった。本棚の陰に丸まって隠れ、休み時間の終わりをやり過ごそうとするのはしょっちゅうで、司書の先生の手をよく焼かせた。

「さびしさは鳴る」に続く物語は子ども向けに書かれたものではなく、むずかしい表現も、ドキッとするような男女の表現もあった。それでもむさぼり食うみたいに読んだ。年齢から来る親近感もあったけれど、それだけではない。教室という箱に置かれて、自分と同じような思いをしたことのある人が書いた小説だと思った。

歩いても歩いても知らない街だった。建て売りの住宅街はどの家も、欧風の煉瓦《れんが》造りに見える外装がしてあって、われこそが趣向あふれる無二の家であるという気構えをむんむんと放ち、それでいてみんな同じに見えた。だからよく道に迷った。知らない道で、猛犬注意の看板や、なすときゅうりに箸を刺したお盆飾りを見ると、怖くて駆け足になった。帰る方向の同じクラスメイトと連れ立って帰ってこられればよかったけれど、なかなかそうはできない。反対に、帰りの通学路で同じクラスの子どもたちと行きあいそうになると、出くわさないように急いで隠れたり、歩く速度を調整したりした。

近所に家があるクラスメイトのひとりに、星という男子がいた。めがねをかけた、姿勢のいい少年だった。星は声の大きい運動部の男の子たちとよくつるんでいて、話したことはない。子どもたちが小学校から帰ってくるときには、はじめ大勢でいて、交差点や曲がり角のたびに、それぞれの家の方向へ分かれていく。星の家はうちからかなり近かったから、もうすっかり解散しきってひとりになったあとの星をよく見かけた。ときにはランドセル姿ではなく、おそらく一度家に帰ったあとの、大手の中学受験塾の名前が入ったリュックを背負って歩くところにも行きあった。基本的にクラスメイトをおそれていたわたしだったが、それは集団が怖いのであって、一対一ならそこまで怖くない。だから、帰り道に会う星の少しうつむいた姿を、めずらしくよく覚えている。

席替えで星と隣の席になっても、とくに話さないのは変わらなかった。休み時間になると星の机の周りに男の子たちが集まってくるのを迷惑に思っていたくらいで、星自体にたいした害はなかった。星は基本的に寡黙《かもく》で、授業中にしゃべったり、先生に怒られるほどハメを外したりはしない。成績もいいようで、かといってクラスから浮いてもいない、うらやましいくらいの立ち位置だった。

その星が、いつになく授業中にほかのことをはじめたとき、だから目を惹かれた。理科かなにかで教室のスクリーンに映した映像資料を観ているときだったと思う。部屋の電気は落とされ、めずらしくおしゃべりも止んでいた。星は、ひとりでトランプを広げていた。机の上には筆箱も教科書もなく、トランプだけだった。くずれた山から右手と左手で一枚ずつ取り、トランプどうしがお互い支えになるように斜めに立てかけて、そろそろと手を離す。二枚のトランプが三角形のまま安定すると、もう二枚を同じように隣に並べ、指先でわずかにバランスを調整しながらまた三角形を作る。八枚のトランプを四つの三角形にしたら、今度はトランプの面で頂点を覆うようにして天井を作り、その上にまた三角形を組む。トランプタワーだ。トランプタワーを作っている。

あまりジロジロ見てもよくないと思ったけれど、やっぱり気になった。わたしたちの席は教室の一番前で、おそらく先生にも気づかれていたと思う。けれど、とくに注意されることもない。そのころ六年二組には授業中のおしゃべりや離席、先生への暴言、それからわたしを含む特定のクラスメイトたちへの嫌がらせが横行していて、ついには担任が学校へ来なくなった。それで毎日かわるがわる代役の先生が来ていたけれど、みんなそこまでやる気もない。だから、トランプタワーが見過ごされたとしても、とくにふしぎではなかった。けれど、そんな中でもいつもは教科書とノートを広げ、なにか生真面目に書き込んでいた星なのだ。トランプタワーはちょっとしたことですぐにくずれる。かなり高く積んだあとでも、なんの前触れもなく、しかしあらかじめ決まっていたことのように一方向にいっぺんに倒れて、たちまちもとの平面に戻ってしまう。星はそのたびに手ぎわよくトランプを集め、一度くずれた裏表をととのえて、ふたたび最初の三角形からはじめるのだった。

幸い、映像の流れるスクリーンは星のいる方向にあって、わたしは映像を観ているような顔をしながら、ときどき星に目をやることができた。見ているうち、星の作ろうとしているのが四段のトランプタワーであることがわかってきた。下の段から、三角形の数を四→三→二→一と減らして、一番上の三角形に向かって組み立てようとしているらしい。はじめのうちはすいすいと下から二段目まで積み上がるのは当然、調子がいいと三段目まで行くこともしばしばあった星のトランプタワーは、だんだん調子がくずれてきた。二段目に差しかかったところで倒れることが多くなり、次には一段目の四つの三角形さえそろわなくなった。トランプのふちをやさしく叩いて角度を調整する星の指先が、ふるえはじめているように見えた。散らばってしまったトランプを集める間隔も短くなり、枚数も減って、そのぶん手つきも気ぜわしくなる。反復もむなしく、ついに最初の三角形さえうまく立たなくなった。たった二枚が何度目かに倒れたとき、星は手のひらの付け根でぐいっと目をこすった。そこではじめて、星が泣いているのだと気がついた。

ふたたび下の段に取りかかりながらも、星が目をこする頻度は増えていった。ついには黒縁のめがねを外し、ひらいたまま机の角に置いてぽたぽたと泣き、洟《はな》をすすりながら、それでもトランプを積もうとするのをやめない。見ているわたしまで、どうしてか胸がいっぱいになってくる。

わたしは星のことが苦手だった。直接わたしをつきとばしたり、授業中に消しゴムのかけらを頭にぶつけたり、陰口を言ったりする男の子たちよりも、だまってそれを見ている星のほうに、かえってばかにされているような気持ちになることがあった。重たそうなリュックを背負い、熱心に受験勉強をしているようすも、それに拍車をかけた。星と話したことはない。話したいと思ったこともなかった。けれどそのとき、星になにか言ってやりたかった。なんで泣いてるの、トランプすごいね、もっといけるよ、誰かに、なにかされたの、もうやめちゃいなよ、がんばれ。ぽたぽた泣いてはトランプを積み、倒してはまた涙をぬぐう星を見ていると、なにも星がトランプタワーがうまくいかなくて泣いているんではないことだけは、しみじみと伝わってくるような気がした。どうして泣いているかはわからなくとも、それだけはわかると思った。涙がこぼれてくるより前から、トランプをやさしく叩く指先で、星はすでに泣いていたのだ、と思った。

泣いてしまったらふしぎに調子を取り戻したのか、タワーはふたたび二段目まで到達するようになった。けれど何回かそれをくりかえし、久しぶりに三段目に差しかかったところでまたはたはたと倒れた。そこで、星はやおら赤んぼうのような手つきでトランプを一枚つかんで縦にちぎり、二枚目もちぎって、ちぎれたものをまたちぎり、小さな紙きれにしてしまった。つづけてもう何枚かびりびりとやり、それからトランプと毛羽《けば》だった紙きれとのまざった山の上にうつ伏して、そのまま動かなくなってしまった。

そのときわたしは「さびしさは鳴る」につづく、『蹴りたい背中』の冒頭を思い出していた。

さびしさは鳴る。耳が痛くなるほど高く澄んだ鈴の音《ね》で鳴り響いて、胸を締めつけるから、せめて周りには聞こえないように、私はプリントを指で千切る。細長く、細長く。紙を裂く耳障りな音は、孤独の音を消してくれる。

さびしいんだ、と思った。星がではない。わたしがさびしかった。星がトランプを積み上げるのをやめてしまったことが、ひとりうつ伏してわたしの覗き見を逃れる場所へと隠れてしまったように思えたことが、星とはきっとこのまま、ひとことも話さないであろうことが。悲しいのでもない、怒っているのでもない、さびしさだった。星がトランプをちぎる手つきが、『蹴りたい背中』を一瞬で経由して、そのときさびしさとむすびついた。確かに、「周り」であるわたしに、ちぎる音までは聞こえない。その、わたしのところへは届かなかった、聞いたことのない音のことを、しかしさびしさの音として、わたしは強烈に記憶してしまった。

予感はあたり、そのあとも星とは一度も話さなかった。星は次の時間にはいつも通りめがねをかけ、男の子たちの輪に加わり、教科書を広げて、もう授業中にトランプを取り出すことはなかった。家が近いから卒業したあともたまに姿を見かけたけれど、目もあわない。そのうちにわたしの家のほうがふたたび引っ越して、もう見かけることもなくなった。けれどさびしさについて考えるとき、わたしはそのときのことを思い出す。星のふるえる手や、放り出された黒いめがねのことを。さびしさというものはいつもそんな姿であったような気がしてくる。

「風景」という吉原幸子《よしはらさちこ》の詩がある。

風景

吉原幸子

あそこでは
風に挑んで　はためいてゐた
見知らぬ国の三色の旗
芝生に　コカコーラのかげのやうに
茶いろい瞳をした　茶いろの犬

あそこでは
花壇の赤いパンジーに　陽を切りとって
白い椅子と白いテーブル
びはの葉に光ってゐた　青い蠅

でもどこにゐても
だれとゐても

海だけをみつめて　犬はさびしい
犬のみる景色は　灰いろ

犬は海をみてゐた
ひとりは　海をみる犬をみてゐた

海は　つながりを信じない
犬も　つながりを信じない
海だけをみつめて　犬はさびしい
犬のさびしいことが　ひとりにさびしい

（『現代詩文庫56　吉原幸子詩集』思潮社）

自分ではないほかの者がさびしいことが、ときにわたしたちにさびしいのはどういうことだろう。他者である「犬」に対するこの詩の目線、また星に対する小学生のわたしの目線も、外がわからおこなう勝手な意味づけや感傷にすぎないのかもしれない。ときに、わかった気になることを厳しく押しとどめ、明確な線引きをしなくてはならないものかもしれない。しかしそれでいて、なにかさびしさというものの根幹に関わるような迫力を、わたしはこの詩から感じる。

ふたたび『蹴りたい背中』の表現を借りれば、さびしさは鳴り、そして共鳴しない。ほかの人の中で起こっていることを、わたしたちは聞き取ることができない。反対に、自分の中で起こっていることを人に聞かせることもできない。けれど、その気配をわずかに感じ取ることはある。悲しみでもそう、怒りでもそう、そしてそれがさびしさである気がするときには、いくらか似ていると思うぶん、なおさらにさびしい。

「さびしさは鳴る」とは反対になってしまうけれど、むしろその静寂《せいじゃく》の感覚こそが、さびしさの本体ではなかろうか。

さびしさ：他人や自分の中で起こっているできごとのかえようのなさ、分けあえなさを、ときにその内実に先立って感じ取ること。そうして、他人と自分とが離れた場所にあるように思うこと。

子どものころ、図書室や通学路の死角に隠れながら、わたしはさびしかった。大人になってもたいした解決は訪れず、さびしいと感じることはむしろ増えた。知りあう他人の数が増え、また自分の中で起きるできごとも増えていく以上、当たり前のことかもしれない。けれど、本棚の陰で丸くなっていたころに比べて、さびしさを悪いものとは思わない。いつか満たされるとも、そうでないといけないとも思わない。

もとよりわたしたちにはかえようがないのだ。そう思えばすべてさびしさからはじまる。

さびしさ

玄関からカメレオンが入ってきて
わたしの足もとに寄りつき
スリッパのグレーをまねてみせる
青いジャージは青くのぼり
黒いTシャツも黒くのぼって
首にひんやりと手のひらを乗せると
さくら色になってぽくぽく泣きだす
まぶたがさくら色にふくらんでくる
わたしの首とはまったく違う色だ
なにしろグレーの段階から違っている

寝る

汐留《しおどめ》のペデストリアンデッキは日中、あまり人がいない。まだ新品だがすでにいくつか傷のついた黒いパンプスを脱ぎ、ベンチに座る。それからスーツのジャケットを脱いで、ビジネスバッグの口をふさぐように包み、横倒しにベンチの端に置く。襟元のボタンを外したら、さっき置いたバッグを枕に、膝を曲げて小さく横になる。二十一歳、就活生のころのことだ。選考と選考のあいだに時間が空くと、よくそうやって路上で眠った。

就職活動をしているあいだ、とにかくいつも眠たかった。午前にはここ、午後にはここ、そこ、みたいに一日であちこちの会社を回らないといけないのもよくないし、服もよくない。女性用のスーツは硬く、狭くて、動くたびどこかが引き攣《つ》れる。スカートとパンプスを履いてしまえばすたすた歩くこともできなくなり、合皮のかばんにはふだん使っていた男もののメッセンジャーバッグの四分の一もものが入らない。制限をかけるために着させられている服であるような気がした。早々にパンツスーツしか着なくなり、そのうちパンプスもやめて平底の革靴を履くようになった。けれど、すぐに眠くなるのは変わらなかった。

だから選考のためにはじめての駅で降りるたび、わたしは眠る場所を探した。ベンチもいいけれど、人通りが多すぎるのも少なすぎるのも怖い。長いことといると迷惑になる場所もいけない。かといってお金もない。うろうろとさまよい、人がまばらな喫煙所のベンチで眠り、商業ビルの中にある謎の休憩スペースで眠り、駅のホームに座って眠り、噴水や街路樹の縁で眠り、遊具もない小さな公園で眠った。隙間のようにひと目を逃れる場所、誰でも入れるのに誰にも求められていない場所というのは、探してみると案外あちこちにあった。就職活動はあまりうまくいかなかった。出くわす人の大半とはうまが合わない。それなのに、わたしの生存や働く意義について、また人生の意義なんていうものについて、ときにその人たちと話さなくてはいけなかった。ひとりで考えなくてはいけない問題と、たかだか就職程度の問題が、しかし無遠慮につなげられてしまうのがいやだった。

だから街なかで眠るのは、ほとんどあてつけのようなものだった。居心地の悪い服でも眠ってやれる、「女性は膝をくっつけて座らないといけない」と言われたその身体を、スーツの往きかう街の中に横たえることができる。そのことが、眠たいわたし、退屈でたまらないわたしの、かすかな休養だった。

街なかで眠るためにはコツがいる。半分はできるだけぐっすり眠るけれど、もう半分は意識を残しておくのだ。ベンチから転がり落ちたくはないし、脱力して脚を大きく開くのもいけない。身体の中心だけを眠らせ、末端には意識を残しておくような感覚である。全身が眠っているときにも、かばんの持ち手を握る手だけは目覚めている。

飛行機のトランスファーが好きなのは、みんながそんなふうに眠るからだ。大陸へ向かう安い便は、乗り継ぎのために十時間以上も待たないといけないことがある。夜のはじめに降り立った目的地ではない国を、陽が昇ってくるころやっと出発できるというぐあいになる。だからその長い夜を、床に座ったり椅子の上で丸まったりして眠るのだ。知らない言葉を話す人たちと同じ空間で、それぞれの荷物を注意深く抱きしめながら。東京の路上で荷物を抱えたまま寝ている人はめったに見かけないけれど、そこではみんなが半分ずつ眠っている。

ここが、帰る場所ではないからだ、と思う。自分の帰る場所ではないところで眠らないといけないときに、わたしたちは半分だけ眠るのだ。大人というのはふつう、帰るべき場所のほかでは眠らない。しかしどうしても眠りたいことがある。帰れる場所の必要に先立って、眠ることの必要が襲ってくる瞬間があるのだ。そのことを空港で、半分しか目覚めていない意識が、かえってありありと考える。

就職活動をしていたころからしばらく、街から眠れる場所が減っていくのを実感していた。なんのためにあるのかわからないけれど、もしくはわからないゆえに居心地のよかったスペースには、新たにものが置かれたり、建物が建ったりした。ショッピングモールの椅子はマッサージチェアに代わり、お金を払わないと座れなくなった。路上のベンチはずいぶん減ってしまった。代わりに金属の棒を使った、わずかな時間ならかろうじてお尻を載せておける程度のベンチが増えた。かろうじて残った平面のベンチの真ん中には肘かけのような仕切りが置かれ、横にはなれなくなった。

あとになって、それを「排除ベンチ」と呼ぶことを知った。座る以外の使い方を意図的にできなくさせ、路上生活者を排除するための設計であるのだという。話題になったのはここ数年だが、建築史家の五十嵐太郎によれば、「排除ベンチ」はオブジェ風の「排除アート」と共に、一九九〇年代後半にはすでにあらわれていたらしい。いざ眠れる場所を探してみるまで、わたしがまるで気がつかなかっただけで。

そう思うと、やるかたなかった。街の中に、ひいては社会の中にいる場所がないと感じて、たかだか数時間眠ってみせたとしても、わたしには夜になれば帰るところがあった。それであてつけができたような気になっていたのがいやになった。たった数時間、それも暑すぎも寒すぎもしない昼間に眠ったぐらいのことで、自分のいることを主張したような気になっていたことが。

そうして、はじめて気がつく。無理やりに街の中で眠ることはわたしにとって、自分がここにいられるという訴えだったのだ。

華原朋美さんの「I'm proud」の歌詞が、寝る場所についてすばらしいことを言っている。

ひとつふたつ消えてく家の明かり数えていた
街中で寝る場所なんてどこにもない
体中から涙こぼれていた

なんていい歌詞だろう。「家の明かり」が「ひとつふたつ消え」るのを、自分は外から眺めており、たくさんあるどの家の中にもいない。「体中から涙こぼれていた」としても、「街中で寝る場所なんてどこにもない」。自分のいられる場所がないことの痛みそのものである。それを「寝る場所」のなさでもって言いあらわしているのが、寝ることといることとの関係をよく示している。

寝られる、というのはそのまま、いられるということだ。反対に、「排除ベンチ」がいびつに示すように、寝させないということはいさせないということを、ときに意味する。

だから、「ねえ、寝ないで、起きて、起きて」としきりに言いながら、ふっと不安になる。「ねえ、ねえ、いま中断できないんだってば。これ終わるまで起きててよ、頼むよ」ゆさぶられた夫はしかし、口の中でもにゃもにゃ言うだけで、目をあけようとはしない。ゲームをしていた。ひとり用のアクションＲＰＧで、わたしがプレイしているのを夫が見ている最中だった。わたしはあまりゲームのうまい質《たち》ではなく、敵と戦うとすぐにやられ、よく道に迷って、しなくてはいけないことを簡単に忘れる。だから基本的に夫が見ているときしかゲームはしない。というか、わたしがゲームをするのを見ている夫がわあわあ言うのも含めて、やっとゲームを楽しめるのだ。

それなのに夫はすぐに眠ってしまう。晩ごはんを食べたあと、わたしにゲームをやれやれと言って勧めるわり、いざはじまると返答がひとこと減り、ふたこと減って、次にはついにいびきになってしまう。そして、わたしはそれがいやでしかたない。ゲームをしているあいだのコミュニケーションは、わたしが画面を見ている都合、声だけで成立している。それが前ぶれもなく打ち切られてしまうと、夫が突如いなくなったように錯覚する。わたしは夫の死をとてもおそれているところがあって、さっきまでふつうにしゃべっていた夫が急にしゃべれない状態になってしまうということ、その否応なさに、死によって夫を奪《と》られることをつい連想してしまう。あった意識がなくなるというのは、怖い。眠ってしまったが最後、わたしの発する言葉その他のメッセージを夫は受け取れないし、ゲームの進みぐあいを共有することも、わたしに向かってなにか働きかけることもできない。すなわち死、とは言わないまでも、意識どうしの別れである。

夫にそう話すと「起こしてくれればいいじゃん」といささか不満げに言われるけれど、しかし起こして起きる夫ではない。だからもうあきらめた。基本的には夫が寝た段階でゲームを打ち切り、わたしも一緒に眠るか、眠くなるまでそのまま本やなんか読んでひまをつぶすことにしている。けれどそのときは、そういうわけにはいかなかった。ゲームが重要な局面に差しかかり、システム上中断しようがなくなっていたのだ。

「ねえ、このあとって戦う？　そしたらセーブできる？　いやなんだけど！」

ゆすったり押したりしてなんとか夫を座らせると、夫はまだ薄い目でうらみがましくこちらを見、しばし画面を眺めて、また眠る態勢に入ろうとする。なんだ、そのかたくなさは、と思って、こちらも腹が立ってくる。だいたいまだ二十一時である。夫は子犬のような睡眠スタイルで、成体の人間にあるまじき時間に眠り、そのぶん早くに起きる。しかし単に眠たいという以上に、なにかわたしのふるまいに気に入らないところがあるように見える。

ひょっとして、と思う。寝られることとはいられることである。ならば、わたしが夫の眠るのをいやがり、ときに起こそうとすることは、夫からすると自分のいることさえもいやがられているように思えるのだろうか。わたしは夫の意識がなくなるのが怖い。夫がいなくなったように思えてさびしい。しかし実際には夫はいる。少なくとも、いる部分が残っている。わたしの錯覚は、その残された部分を否認し、いないものと扱ってしまうことだろうか。

しかしそうだとしたら、ときに意識をなくせる場所のことを、わたしたちはすなわちいられる場所だととらえているのだろうか。

ゲームはなんとかイベントを終え、すっかり眠っていた夫をふたたび起こして、一緒に寝室へ行く。ふしぎなもので、夫が寝室で寝ているぶんにはそこまで怖いと思わない。眠っているにしても、夫が意図しているように思えるからだろう。そうしてわたしも眠る。連続する意識を手放し、夫のいびきの聞こえない世界へ行く。それはもはや、いっときこのわたしではなくなるようなものである。けれどやはりふしぎに、それもさほど不安には思わない。ふたたび目覚めるとわかっているからだろうか。しかしそれを本当にわかっていると言えるだろうか。

このわたしであることをなくせる場所が、わたしのいられる場所である。そう書いてみると、確かにそうであるかもしれない。「ここはわたしのいられる場所ではない」と知らされるときのあの痛みの本体は、なんといっても「わたしがあまりにもこのわたしである」ことにほかならない。わたしだけがこんなにもこのわたしであり、そうである以上ほかの人たちとは異なっている。それがわたしに痛いのだ。反対に、「ここはわたしのいられる場所である」と思えているときには、そんなことは考えない。それなら、さびしいときにわたしたちの求めているのは、「わたしがこのわたしではなくなる」ことであるのかもしれない。

夫はしゃべっている途中で夫ではなくなり、そうすることでふたりがけの小さなソファにいられる。わたしは寝室でわたしではなくなり、だからこの家にいていいと思える。そうかもしれない。そうだとしたらやっぱり、夫がときに言葉の通じる夫ではなくなることを、しかし夫の持つありようのひとつとして、あまりおそれすぎずにかまえているのがいいのかもしれない。

寝る：外がわのことを感じたり考えたりする力をなくし、目覚めているときの自らではなくなること。また、そのことの不安を持たずに、その場所に向かって自分を預けること。それでいて、目覚めていたときと連続する自らとして、ふたたび目覚めること。

けれど、本当にそうだろうか。仮にそうだとしても、それが本当によいのだろうか。なんだかゾッとするような気持ちがする。わたしたちがいられる場所を求め、ときにさびしく思い、街や社会の中をあちこち歩き回ってほかの人たちと関わりあおうとするのは、いつかこのわたしではなくなることを望むためだろうか。その先に生まれるのは、誰もが同質で、ひとりひとりに分かたれた意識を持たない、つるりとした集団ではないのか。

もう一度考えてみたい。知らない国の深夜、空港で荷物を抱えたわたしたちは、みな一時的にそこにいるだけだった。たまたま同じところに居合わせているだけで、日が昇ればそれぞれほかの国へ飛び立つ。だから半分しか眠れない。けれど、半分は眠れた。荷物をかたく抱いたまま、いつまでもここにいられるわけではないわたしは、ふしぎにやすらかだったのだ。さて、わたしたちはどこにならどんなふうにいられるのだろう。ときに面倒で、なくしたくもなる「このわたし」というものに、しかし朝にはまた戻ってしまう。それなら、どうやってほかの人と一緒にいることができるだろうか。

「だから君が眠るとさびしくなるんだけど、そんなこと言われても君としてもいややろう、と思ったから、なんかうまいことやるように頑張ってみるよ」

雑多にそう話すと、「まあ、それはわかるよ」と夫は答え、ではその「わかる」とはなんだろうとわたしは思う。考えすぎだとよく言われる。おしゃべりをしていてもそう、仕事をしていてもそう、この本を書いていてもそうだ。考えすぎると、結局わたしがこのわたしであることに行き当たり、自分が異なって、浮いているように思える。なにもわたしが特別だと言いたいのではなく、みんないくらかずつはそうであるみたいだ。それではなおさら、「わかる」とはなんだろう。面倒なこのわたし――やっぱり、考えないわけにはいかないだろうか。

寝る

隣のうちでやかんが鳴って
それを聞いたトラ猫が短く返事をして
それを聞いた女がお勝手から顔を覗かせて
それを聞いた空き巣が舌打ちと共に走り去って
それを聞いた男の子が恋人へおびえた電話をかけて
それを聞いたベランダの老人が静かにしろとさけんで
それを聞いたみんないっせいに二、三秒の無声を組み上げ
それをひとつのこらず聞きのがしたことに
夜分のきみはついに気がつきもしなかった

飲むとわかる

くじらに飲まれた人がいるという。ダイビング中にたまたまザトウクジラの口の中に入ってしまい、けれど暗闇の中でもがいていると間もなく吐き出されて、奇跡的な生還を遂げたらしい。そう聞くと、ついくらっとあこがれてしまう。「くじら」と名乗ってもうすぐ十年になる身である。

巨大なくじらが人間を飲み込む話は、ディズニーのピノキオにも、旧約聖書にも登場する。ピノキオは沈没船が浮かぶくじらのお腹の中で火を熾《おこ》して脱出し、預言者ヨナは三日三晩祈って救われる。実際に自分の身体がくじらの身体の中に入っていってしまったら、と思うとおそろしいけれど、しかし同時にそうなってみたいような気もする。なんといってもその巨大さがいい。人間として生活していると、ふつう自分より大きな生きものに遭遇することは少ない。その人間の身体をつるりとひと飲みにしてしまうくじらというものが、人間サイズにととのえられた日常をはるかに逸脱するのが心地いいのだ。

とはいえ、実際のくじらは人間を丸飲みにはしない。ダイバーを吐き出したというザトウクジラの口は三メートルもあるけれど、喉の大きさは人間の拳ほどで、とても全身は通れない。ピノキオやヨナのように、喉を通りすぎてお腹の中にまで入るわけにはいかないだろう。ザトウクジラのように海水を濾過《ろか》してプランクトンを食べるヒゲクジラではなく、歯があってイカや魚を食べるハクジラならば人間を食べることもできるのかもしれないけれど、おそらく噛まれるか、押しつぶされるかして、生きた身体まるごとのままで胃にたどり着くわけにはいかないだろう（一八九〇年代にクジラの胃の中から生きたまま発見されたという男がいたらしいけれど、のちにそれが事実でないことを示す証拠が出てきたそうだ）。

それではなおのこと、物語に、人間を丸飲みにするくじらがしばしば出てくるのはどうしてだろう。くじらの巨大な姿を見たとき、つい飲み込まれる想像をしたくなるのは。その答えを、わたしは勝手に憶測している。それでいて、ほとんど確信している。

思うに「飲む（飲まれる）」ということには、なにか人を惹きつけてやまない、蠱惑《こわく》的なものがあるのではなかろうか。

食べる側としての人間の身体もまた、あまり丸飲みはしない。健康のためにも、行儀のためにも、食べものはよく噛むようにと子どものころから言われる。けれど早食いのわたしなどは、お腹の空いたときや、とびきりおいしいものを食べるときなんかには、つい噛むことを忘れて矢継ぎ早に食べものを詰め込んでしまう。それで、あとで喉や胸を詰まらせたり、お腹が痛くなったりするのだ。だから丸飲みにあこがれる。本当はなんでもかんでも頭からつるりとやってやりたいところ、身体の制約によってわざわざすりつぶし、細かくしてしか飲み込めないことが、ときに迂遠に思える。ときどき思う。「酒を飲む」ことを単に「飲む」という、あの省略がなければ、人びとはあんなにも酒に夢中にならないにちがいない。「飲みに行こうか」と言われるときの、まずはその喉の感触に、みんなついていきたくなるのだ。ただこれは、下戸であるわたしの、外がわから眺めたにすぎない妄言かもしれない。

ところでわたし、「くじら」を名乗っておきながら、あまり飲み込みのいいほうではない。とくに音声で発された言葉を聞くときには。

忘れっぽいせいで言われたことは端から抜けていくし、あれこれ連想してはすぐに本題を見失う。なによりもひねくれていて、「はい、わかりました!」とすんなり返事ができることはかぎりなく少ない。「それってどういうことですか?」「〇〇ということですか?」という問いかえしばかり舌になじんでいる。それでもまだていねいなほうで、実際のところは「えっ?」と言うのがもっとも板についている。

一応の申し開きをしておくと、聞いていないわけではない。ただ、人のしゃべることは多くの場合、わたしが聞くには多すぎる前提を含んでいて、なかなかわたしを素通りさせてくれない。ある一文の中の単語ひとつとっても元になる文脈があるはずで、一方で言葉尻には受け取るべき要請がひそんでいる。そんなふうに耳をすませているうちに頭は意味と意味とのあいだでねじれ、置いてきぼりにされて、最終的に「えっ?」と発声することになるのだ。読むこととは違って聞くことにはたいてい一回きりしかチャンスがなく、それもまたわたしを覚束なくさせる。

わたしの喉はやはり狭くて、言葉を飲み込もうとするとき、かならずなにかが引っかかる。固有名詞が、速すぎる論理が、ほほえみが、小骨や皮や筋のように、わたしの喉をかんたんには通らない。考えてわかろうとするときにも、日本語は「咀嚼《そしゃく》」という言い方をする。わたしの咀嚼は、たいてい少なすぎるか多すぎるかのどちらかで、ちょうどいいことがない。あるときにはすぐに早とちりするくせに、またあるときには味がなくなるまでくにゃくにゃ嚙みつづけていたりする。昼間言われたことを、夜うちで布団に入ってもまだ執念ぶかく嚙んでいることもある。

それに比べて、クマガイユウヤという男は飲み込みがいい。

クマガイは長くユニットを組んで一緒にライブをしているギタリストの相方で、この本では「敬意と侮り」にも登場した。そちらを読んでもらえたらわかるように、ユーモアがあって、それでいて他人への「敬意」をそなえ、わたしのような狭量な者をさえあまりいやな気持ちにさせることのない、気のいい男である。

わたしたちの組んでいる「Anti-Trench」という名前のユニットは、わたしが詩の朗読をし、クマガイがギターを弾くという変わった形態の音楽を作っていて、楽譜もその他の決まりごともない。各楽曲に基本形はあるけれど、とはいえライブとなると毎回かなりの部分を即興が占めている。そんなふうだからよく「どうやって曲を作っているんですか？」とたずねられるけれどたいした秘密はなく、わたしが先に詩を書き、クマガイに渡して、ギターを弾いてもらう。それで完成。ふたりで作っているとも言えるけれど、それぞれがひとり孤独に作っているような感覚もある。

制作のとき、わたしはあらかじめ詩を書いて持ってきているけれど、クマガイはその場ではじめてギターを弾くことになる。印刷した詩を渡し、彼が黙って読んでいるあいだ、わたしはとくになにも言わないで待っている。クマガイはやがて詩を机の上に置き、ギターを断片的に鳴らしはじめる。わたしはやはり黙っている。しばらくするとクマガイが「やってみようか」と言い、それからいきなり即興で最初から最後までを合わせる。演奏が終わると、ひとこと、ふたことなにか言いあい、ふたたび演奏する。そのくりかえし。

わたしは音楽についてたいして知らないし、クマガイも詩についてはあまり知らない。だからお互いの作品やパフォーマンスについて指示することはほとんどなく、ただ漠然とした印象のようなものだけを言いあう。「いまのはちょっとかわいすぎたかも」「もっと人を食いたい」「町中がめっちゃ光ってる感じなんだよね」というふうに。相手になにか言うのでさえなく、単なる次への宣言、ひとりごとのようなものであることもある。「オッケー、もっとバリバリな感じでいくわ」「ちょっと頑張らないでおってみる」「いっぺんここまでのこと全部忘れるね」「繊細に、繊細に、繊細に！」……。

その会話ともつかない会話が、しかしわたしに心地いい。わたしが言ったことを彼が理解したかはわからない、反対も然り、というか互いに特段それを目指していないことさえある、けれど演奏がはじまれば、どれほどわかりあえたかがありありとわかる。言葉のあらわれる前にはつねに、まだ言葉を与えられていない膨大《ぼうだい》なものがある。さしあたっては未完成の作品から受ける印象について話すことしかできないけれど、わたしたちは実際のところ、まだあらわれていない完成のことをずっと話している。その反復と修正が、わたしたちがお手本のない作品を作る唯一の道である。

実を言うとはじめわたしは、これがふつうだと思っていた。自分たちにとって自然な作り方であるあまり、ある程度音楽のできる人なら、みなクマガイのようにできるものと思っていた。けれどクマガイ以外のミュージシャンと時折コラボレーションをする機会があって、ようやくそうでもないことがわかった。彼らはわたしが印象についてぶつぶつ言っても、あまりそれにうなずかない。首をかしげて、「メジャーとマイナーだったらマイナーってことですか？」「じゃあ、アンビエントっぽい感じのほうがいいですか？」というようなことをたずねてくる。知らん、と思う。いじけているのではなく、単に知らんのである。用語のことではない、音楽に明るくないとは言ってもメジャーとマイナーくらい、またアンビエントくらい知っている、しかしこの曲がそうであるかは、わたしの知るところではない。わたしがなにもわからない顔をしていたからか、あるセッション相手のミュージシャンに「Anti-Trenchだといつもこんな感じで作ってるんですか？」と聞かれた。

「そうです」

「へえ……クマガイさんって、すごいんですね……」

それはなにか棘《とげ》のある言い方だったが、わたしもそこで思った。へえ、クマガイさんって、すごいんですね。

そのことを最近、煙草に火を点けるクマガイを見ながら、なんとなく思い出していた。煙草をのむ、という言い方がある。「喫《の》む」と書くらしい。そして、クマガイほどうまそうに煙草を喫む者はいない。火のついた煙草をうつむきながら深く吸い込み、身体いっぱいに溜め込んだまま空を仰いで、いっぺんに吐き出す。口を細くすぼめて吐くから、煙はしばらく直線を進み、あるところでもやっと拡《ひろ》がる。クマガイがすると、そのあとに吸う空気までうまそうに見える。他の人がするより煙が多く見えるからふしぎだ。わたしもときたま煙草をやるけれど、彼に比べるとどうもけちくさくていけない。よそ見をしながら浅く吸い込み、吐くときにも唇を薄く開くだけで、焦点のあわないまま煙を逃してしまう。一瞬一瞬の快楽を自らつかみとるようなすごみが、クマガイの姿にはあって、わたしにはない。

「のむ」だ、と思う。「吸う」でも「やる」でもない、「のむ」がやはり似合う。一滴も漏らさずに身体の中へ流し込んでしまう、そこに咀嚼の挟まるような余地はなく、するするとものを受け容れる、伸びのいい喉。飲み込みのいい男。たくさんの煙も、ほかのミュージシャンが首をかしげるわたしの未完成な言葉も、つるりと飲み込んでしまえる男。

飲む：自分ではないものを口から入れ、腹へ送ること。飲まれたものは飲んだものを侵略することはなく、飲んだものの一部になる、つまり、飲んだものは飲まれたものを身体の中へ受け容れるが、飲まれたものになるわけではない。

さっきまで、わたしたちは話しあっていた。話し疲れて煙草をやりに来たのだ。作品についてでもイベントについてでもない、人間関係についてだった。このところわたしの悩んでいたのを軽く話し出したら、クマガイが思いのほか力強くそのトピックを拾ってくれ、しばらく制作をそっちのけにしゃべりまくった。人とどうつきあうか、という問題は結局のところ自らとどうつきあうか、という問題で、フリーランスのわたしたちにとっては仕事とどうつきあうかという問題も含んでいて、また芸術とどうつきあうか、という問題でもあった。

話をするとき、クマガイは煙草を喫むときみたいに気持ちよさそうにはしない。制作のときのように簡単に飲み込むこともしない。ずっとむずかしい顔をして、わたしの言うことをしばしば引き受けて言い換え、それをわたしが修正すると「そうか、そうか」とつぶやく。

咀嚼。制作のあいだは演奏だけが本当で、会話はどこか宙に浮かんでいるようなのとは対照的に、あくまで言葉でもってやりとりをおこなおうとする。そしてそれがそのとき、わたしにうれしかった。うれしかったことからの逆算で、はじめて自分が思いのほか深く悩んでいたとわかったほどだった。自分で驚くくらいの素朴な喜びだった。

つまりそのとき、わたしは「わかってもらえた」と思ったのだった。

遠回りをしてしまった。「わかる」ことについて考えていたのだった。

ときどき、子どもっぽい空想をする。他人の考えていることを漫画みたいに読み取れたら、どんな気持ちになるだろうと思うのだ。漫画の登場人物たちは、ときに能力を隠し、ときに戦闘に活かし、ときに思い悩む。読んでいると彼らの行動に納得したり共感したりすることもある一方、しかし疑問に思う。

彼らはなぜ、それが他人の考えだとわかるんだろうか?

他人の声として聞こえてくるとか、意識したときだけ読み取れるとか、作品によってもいろいろだろうが、しかしもしも頭の中にあって目に見えない「考え」というものが「考え」という形のままでふと自分の頭へ到来したのなら、それは自分の考えと見分けがつかないのではないだろうか、と思うのだ。だいたい現実を生きるわたしたちにとっては、自分の考えだって、自分の思うままにはならない。誰かとおしゃべりしているときにも、ふと突拍子もないこと、考える。もしそれが目の前の相手から伝わってきた考えであったとしても、わたしはきっと気がつかない。自分の考えたことだと思うだろう。

そして、それは単なる想像にすぎないとしても、しかしときに「わかる」ことを、わたしたちはそういうふうに感覚しないだろうか。

誰かの考えを受けて心の底から納得したり、感嘆したりするとき、それがはじめから自分の考えであったように錯覚することがある。そのような、ほとんどテレパシーのような理解の経験がわたしにもあり、そしてうっとりとあこがれる。くじらの丸飲みにあこがれるように、そのスムースさ、したたかさに心惹かれる。

相手の発したことをそのまま「飲み込む」ことが、それでは「わかる」だろうか。そうかもしれない。けれど、飲み込みのよいクマガイが、しかし慎重に、急がずにわたしの話を聞いてくれたことをふりかえって、思う――「わかる」ことにしても、そうじゃないか。丸飲みのいさぎよさにあこがれながら、またそんなふうに「わかってもらう」ことに渇きながら、しかしそうでない、もっと効率の悪い「わかる」のあり方というものもあるんじゃないか。そうして、だからこそそのときうれしかったんじゃないか。

詩を書く身として、比喩やレトリックが持っている威力には、なにかただならぬものを感じている。単なる表現上の誇張や言い換えではない、なにか人びとにイメージ上の現実として経験された事実のようなものが、ときにレトリックの中には見える。だから、「わかる」

ことの付近に「飲み込む」「咀嚼する」あるいは「腑（腹）に落ちる」や「条件を吞む（承諾する）」というレトリックのあることを、ここであらためて真に受けてみたいのだ。

思い切って言い切ってみよう。「わかる」ことは、やはり「のむ」ことに通じる。わかるとは、口を開き、自分ではないものを、自分の中へ受け容れることである。こじつけとは思いつつ無理に言い換えてみると、こんなふうになるだろうか。

わかる‥自分ではない者の考えを受け容れ、自分の一部とすること。わかられた考えはわかった者の一部になる、つまり、わかった者は他人の考えを自分の中へ受け容れるが、その考えそのものになるわけではない。

しかしそれは、ときに丸飲みではむずかしい。他人の考えはときに大きすぎ、ときに硬く、ときに筋ばったりとげとげしたりしている、少なくともわかろうとする側にはそういうふうに感じられる。だから嚙まなくてはいけない。

わたしの考えているのはいわば、くじら的理解ではない、人間的理解、わたしたちのよく見知った食性での理解、というようなもののことだ。他人の考えを、丸飲みにするのでも、吐きもどすのでもない、よく嚙んで食べる。ああ、なんでもかんでも飲み込んでしまえるんだったらよかった、と思うこともあるけれど、しかしくにゃくにゃとしつこく嚙む。そうすることでしか共にはいられない他人というものがあるのかもしれない。

そう思うと、いくらか明るい気持ちになる。わたしたちの持つ、陸をゆく小さな雑食の身体。そのまずしい喉こそ、しかしなんでも飲み込める気がしてくる。他人の考えこそが、わたしたちが生命を持続させるための栄養なのだ。そこから、他人になるのでもなく、他人と混じりあうことのないわたしのままでいつづけるのでもない、新しいこのわたしになることはできるだろうか。

さんざん話し、煙草を喫み終わったあと、わたしたちはやっと制作に取りかかった。制作がスムーズにいくことはあまりない。即興という制作方法上、ちょっと集中が欠けると、すぐこれまでに作ってきた作品に似てしまう。そして、自分たちでそれが許せない。修正をくりかえしていると当然くたびれてくる。制作自体にも、自分の狭量さにも、腹が立ってくる。しかし同時に、クマガイも同じようにそれを許さず、同じようにくたびれているのがわかって、それがうっすらとうれしい。咀嚼。

そうだ、新しくなりたい。

飲む

少年は口のなかにかくした貝がらが
いつのまにかなくなったことに気がついてはいたけれど
だれにも話さないでおくことにした

乗る

ダンスを習いはじめた。

もともと体を動かすことは苦手中の苦手で、五十メートル走のタイムは十秒、よく転ぶし、筋力もなければ俊敏さもない。いわゆる学校教育的な「体育」に対する憎しみの記憶も手伝って、大人になってからも避けられるかぎり避けてきた。それなのに急にダンスである。家族や友だちもびっくりして、いつ発表するの、観に行こうかな、とからかう。わたしは「ふーん」とか「へへん」とか言って無視する。なんせ舞台に立つ気はさらさらない。ひとえに自分ひとりのためのダンスなのだ。

スタジオは住んでいる県内にある。一対一でレッスンを受けられるからそこに決めた。はじめの面談で「なにを目標にしたいですか?」とたずねられて、「音楽に乗ってみたいです」と答えた。自分がダンスを知らないことがもどかしくなるのは、だいたいひとり音楽を聴いていて、その美しいのにうんとうれしくなったり、声をあげたくなったりするときだ。リビングにいることもあるし、散歩をしていることもある。そういうとき、なにかが体を衝きあげ、導こうとしているようなのに、わたしの体というのは重たく、自らその要請を棒に振ってしまう。それが惜しい。誰かに見せるわけではないのだから好きなように動けばいいのに、と自分でも思うけれど、できない。もしもソファから立ち上がり、見よう見まねでステップを踏んだり、腕を振り上げたりしてみたとしても、わたしの身振りは自分のうちにあった衝動のようなものをことごとくすり抜け、かえって音楽の喜びや興奮をしらじらと醒ましてしまうにちがいないことが、自分でよくよくわかっているからだ。

ダンスの先生にはそこまで詳しい説明はしなかったけれど、代わりに言った。

「もっと音楽を聴けるようになりたいです」

そのいい加減な要望に、「最高っすね」と先生は答えた。そうしてわたしは月に二回、ダンスのレッスンに通うことになった。

自分が音楽を聴けていないと思うようになったのは、二十代の前半に通ったクラブやライブハウスでの経験からだ。わたしのしている詩の朗読という芸は案外どういう場所にもなじむもので、そのころいろんなイベントにブッキングしてもらった。出演者がわたしたちのユニット以外みんなラッパーだったり、バンドだったりすることもよくあった。

とはいえ生来の負けずぎらいで、ステージに立ってライトを浴びてしまえばわたしは強気で、歌もラップも詩の朗読も変わらないと思っていたし、変わらないと思わせたかった。実際ライブが終わったあと、詩の朗読なんてはじめて聴くというアーティストたちはしかしみな、ほかの共演者に対するのとまったく変わらない態度で感想を言いにきてくれた。そこに関してわたしが引け目を感じることはなかった。

けれどステージを降りてフロアに立っていると、ふと、自分が浮いていることが気にかかった。クラブやライブハウスにいる人たちは暗がりで、めいめいリズムを受けて体を揺らし、ときどき手を上げて賞賛の意を示した。けれどわたしはと言えば棒立ちになり、たまに拍手をするくらいで、はたから見たら、少なくとも揺れている人たちと比べたら、あまり音楽に喜んでいないように見えただろう。わたしとしては自分なりに聴き入ったり、胸をうたれたりしているつもりなのだが、しかしなにかが違う。体が違う。

ダンスのレッスンは棒立ちになるところからはじまった。

手をぶらんと下ろして、ただ立つ。自分でばかばかしくなるくらい、立つことのほかになにもしていない状態になる。フロアの体と同じだ。すると、「足の裏のどこに体重がかかっているか意識してください」と先生が言う。ふしぎなことにそのとたん、足の裏がぐっと広く感じて、さっきまでなめてかかっていた「ただ立つ」ことさえよくわからなくなってしまう。なにが正しい立ちかただっけと思う。それから、リズムにあわせてうなずく練習、歩く練習、反対にリズムを外して歩く練習。なにをしてもしみじみと思う。ああ、ひとりで受けられるレッスンにしてよかった。

自分の体がうとましく思えるのは、いつも他人と並んだときだ。みんなで走ればわたしだけ置いていかれ、みんなが音楽にあわせて揺れるそのリズムにも遅れる。写真に写るためにポーズをとっても、ときには隣りあって話をしているだけでも、ふと自分の体に対する猛烈な違和感が訪れる。わたしだけが体と離れているように思う。けれど人といる以上そんなことにかまってはいられないから、なんとなく呑み込む。だから、体を乗りこなしているように見える人にはあこがれてしまう。共演相手として出会うダンサーさんや俳優さんはもちろん、ただおしゃべりしているだけでも、体にはうまい人とへたな人がいる。なにをしていても、ちょっとした手つきや身のこなしが美しい線を描き、すんなりとそれぞれの場所におさまる人というのがいるのだ。そういう人を見るとき、華麗なハンドルさばきやアクセルの強弱のことを思い、ひるがえって自分の体は思うようにならない乗りもののように感じられる。体にうまく乗れない。

そしてまた、おしゃべりそのものにしてもそうだ。相槌やほほえみをいつも適切な場所に置ける人というのがいる。そういう人はただおだやかにいるだけではなく、ときに大きな声でしゃべったり、ちょっと風変わりなことを言ったりしても、なんだかうまくいく。そして、例によってわたしはあまりうまくない。ちょっとすると機嫌が悪いように思われたり、何度も聞きかえされたり、わたし自身も会話に集中できなくなってしまったりする。「ノリがいい」という言葉がある。ただ「ノリ」と言うこともある。場にいる人数が増えるほどに、そしてそれが同質な集団であるほどに強くあらわれはじめる、あいまいな約束ごとのようなもの。さらに言えば、多数派がよしとすることや、これまでにくりかえしおこなわれてきたことのほうへ成り行きを向かわせようとする、ある力のようなもの。

先に自分の立場を表明しておくと、それがときに多数派による乱暴を生み、さらにはその乱暴をあるべくしてあるものとして看過《みす》ごさせることを警戒して、わたしはあまり「ノリ」という言い方を好まないし、「ノリ」が大切にされるべきだとも思っていない。「飲み込みがいい人」にはなってみたいと思うけれど、「ノリがいい人」にはならなくていいや、と思っている。実際、「ノリがいい／悪い」という基準が持ち込まれることによって、さんざんいやな気分にさせられてきた覚えもある。なにより他人にそんな思いをさせるのはいやだ。

けれどそれでいて、「のる」という喩《たと》えの共通することがわたしの気にかかる。嚥下《えんげ》することと理解することとを共に「のむ」というように、音楽にあわせて思うまま体を動かすことも、適切なタイミングで適切な発話をすることも、共に「のる」という、その共通である。つまり、「ノリのよさ」の持つ力を警戒するとしても、しかしフロアで美しく踊る人がいるように、美しい相槌というものもある。そして、そのふたつがなかなかできないのだ。

ダンスの先生と一対一になり、まだ踊るというには満たない、歩くことや、上下に揺れること、体を部分ごとに動かすこと、なんかをやっているとき、なによりおもしろいのは自分のできなさだ。重心がぐらつき、体の置き方がわからなくなっていくことも、誰とも並ばずひとりで教わってはじめておもしろくなってくる。

踊ってみたいと思っていた。だから来たのだ。その欲求の中には、嫌いなことをわざとやらせてみたいような、自分に対する挑発的な気持ちがあった。ダンススタジオには壁一面に鏡があって、自分の棒立ちも、うまくできないと思ったとき反射的に出る愛想笑いも、みんなそこに映る。踊ろうとする自分の姿というのは率直に言って、見るにたえない。それを鏡越しに見ていると、半分はなさけなく、そしてもう半分、いい気分になる。ひとりであることのさいわい。集団の要請によってできないことをやりすごさずにすむ、そのさいわい。しかし同時に、めったに見ることのない自分の全身像が、まさしく他人から見た自分の姿にほかならないことが、ときどきめまいのようにわたしを動揺させる。

「踊るな！」と怒ったことがあった。舞台上でだ。わたしのやっているAnti-Trenchという音楽ユニット（前回も登場した）の曲は、詩の朗読とギターで構成されており、楽譜も決まったリズムもない。踊るのにはあまり適さないかもしれない。ところがクラブだととくに、「踊れる」というのは曲をほめる言葉のひとつであるらしい。みんなで踊るということはクラブに来る大きな目的のひとつであって、畢竟《ひっきょう》そのためにラッパーやＤＪによって音楽が演奏されるのだ。だからAnti-Trenchもときどき、その俎上《そじょう》に乗せられた。「踊れるね」と言われることも、「踊れないね」と言われることもあった。そして、それがどうも気に入らなかった。なにか正解を意図していたというより、単に知らない基準を一方的に持ち込まれることにへそを曲げていた。クラブでのわたしはただでさえひとりだけ棒立ちの観客であり、なんだよ、べつにいいじゃん、と思っていた。みんなに同じ動きをさせることができる音楽がすなわちいい音楽であるって、なんだよ、それってなんか、なんかちょっといやだぜ、と思った。だから観客がわずかに揺れはじめ、さらにそれがだんだんそろいはじめるのを舞台上から見て、むっとして言った。

「おい！　踊るなっ！　ひとりで聴け！」

観客はひねくれた煽《あお》りの一種ととらえたようで、笑って聞いてくれた。けれどわたしはやっぱりへそを曲げていて、ステージを降りてからも黙ってあれこれ考え込んでいた覚えがある。

ひょっとすると、わたしの踊れないわけは、五十メートル走るのに十秒もかかる体であるからというばかりではない。もしも運動が得意だったとしても、きっと踊らなかった。「ノリが悪い」のも、おしゃべりの不器用さだけが理由ではない。ただできないというのではない。わざわざ「のらない」ことを選んでいる部分がある。そう言うとうらさびしい負け惜しみに聞こえるだろうか。確かに、はじめはできなさによって選ばされたにすぎないことかもしれない。けれどいまとなってみてはもうわからない、ともかく、「ノリ」とその力とを信じずにいると決めてしまった。そしてそれは結局、「みんなでいる」こと自体を信じないことへと行き着くのだった。

それなのにいまになって、踊ってみたがっている。その欲求の出どころを、自分自身でふしぎに思う。ひとりで踊りはじめて、しかしどこへ向かっているのかと思う。単にありふれた老いのあらわれであり、若い日に曲げていたへそをまっすぐにのし、ここでやっと集団へなじみはじめようとしているのだろうか。恥ずかしがってひとりで踊っていても本当のところでは、「寝る」ことのあの欲望に身をかたむけて、重たい「このわたし」を集団の中へと埋没させたがっているのだろうか。

鏡の中のわたしがふらつく。流れている音楽の拍を頭の中で数えながら歩き、八カウントめでなにかするように言われたのだ。

「なんでもいいので、なにかしてください。まあ、なんでもいいが一番むずかしいんだよ、と思うと思いますけど、本当にちょっとしたことでいいです。僕が見てて気づかないようなことでも」

だから四、五、六、七、八でわずかに立ちどまると、歩きつづけようとする前向きの力がそこで停滞して、重心がくずれる。おや、わたしの体というのは、あらためて見ると、思っているよりも背が高い。腰や足についた肉はもちろん、手足の長さまで余分に思える。おっぱいがついている。女体である。髪が黒くて、あちこちほつれている。年寄りでもないが、少女でもない。化粧をしていないけれど、むろん子どもでもない。この女。わたしの目をうまくぬすんで、あちこちにわたしとしてあらわれているらしい、この女のこの体。

音楽がつづいているうちは、ふらついたあともふたたび歩き出す。一、二、三、本当は拍に集中していたいけれど、つい頭の隅でほかのことを考える。たとえば女体であることが、わたしにとって不快である。十代のころはふくらんでくるおっぱいを見て泣き、なにか大きな機械が自分の腰をがっしとつかんで上下に激しく振り、おっぱいが遠心力で剝がれ飛ぶことを想像したものだった。けれどわたしという者はときどき、自分が女体を持っていることを受け入れているとしか思えない行動をとる。たとえば体への失礼な接触に怒り、性的なからかいに怒り、女性店員さんをばかにした上長に怒った。女体を受け入れることとは反対に思われるかもしれないけれど、とんでもない。わたしが女体を持っているから、それだけを理由に、しかたなく怒るのだ。怒ったあとには死にたくなるとしても――そのときわたしは、わたしというひとりのために怒っているのではない。先に向こうから女体を持った者の代表にさせられた以上、こちらも代表として怒るしかなくなるのだ。

四、五、六、たとえば日本人であることは、わたしのアイデンティティにとってさほど重要ではない。日本語にはかろうじて愛着を持つけれど、「ノリ」を信じない以上当然、愛国も信じていない。けれど街を歩いていて英語で道を聞かれたら、できるかぎり答えたいと思う。そしてそのとき、やっぱり日本人を代表させられている。日本はいやな国だった、日本人はいやな人ばかりだった、と思われたくないから、ということが、他愛ない親切の動機の中に混じっている。七、八でまばたきをする。鏡に映る自分の顔はまじめくさっていて、他人のようだ。

そうだ。この顔と体が人前にあらわれるかぎり、わたしはある集団に含まれずにはいられない。そして、わたしがなにかよいことをおこなおうとしはじめられるのは、いつもそのことによるものではなかったか。

また同じところへ戻ってくる。他人になるのでもなく、他人と混じりあうことのないわたしのままでいつづけるのでもない、新しいこのわたしというものは、どのようにして可能だろうか。それはつまり、「ノリ」の乱暴を看過ごさずにいたいと願い、ときに踊る観客に怒ることと、これまでわたし自身も胸をうたれてきたあの美しい身振りや相槌とは、どのように両立することができるだろうか。ここまではひとりの他人との距離を考えてきたけれど、集団との距離についても考えておきたい。ただ集団の大きな揺れに混じっていくだけでない、あの衝きあげられるような揺れにしたがうことのできる踊りというものがあるとして、それはわたしにとってなんだろう。

「八」のレッスンを受けてから、ふだん音楽を聴くときにも、いつもそのことを考えるようになった。すると、こんな言い方では信じてもらえないかもしれないけれど、なんと未来が見える力を手に入れた。

かねてから、音楽が聴けている人というのは、どうやらわたしには見えない未来が見えているようだ、と思っていたのだ。彼らははじめて聴く曲でも、その場で即興で作られる曲でさえ、その後になにが起きるのかわかっているかのように体を動かし、「のる」ことができる。それがずっとふしぎだったけれど、しかしその千里眼、いや千里耳、が、急にわたしのところにも訪れた。「八」だ。音楽のうれしい瞬間は、「八」のところか、次の「一」のところでよく起きるのだ。だから「八」に向かってかまえておくと、未来が見えるようなあの動きを、わたしのにぶい体もなんとなくとれる。リズムを追いかけて同調していくというよりはむしろ、自然に進んでいるところを、リズムのほうが下支えしてくれるような感覚。

「ノリがいい」人の見ている世界のことを考える。「ノリの悪い」わたしから見ても、彼らに未来が見えているようには見えない。多数派の作った「ノリ」に一歩遅れて追いすがり、なんとか遅れないようにしているように見える、その息切れの雰囲気がどうもわたしを惹きつけない。けれど、人と人とのあいだに、自然に歩くようにいることもできるものだろうか。じょうずな相槌を打つあの人は、そんなふうに集団を聴いているだろうか？

乗る：自分より大きなものの動きに体をゆだねること。自分の外がわで起きている運動と、内がわで起きている運動とが、うまく嚙み合っている状態にすること。

ある運動を持った集団の一員であることと、それとは異なる運動を持ったったひとりであること。そのふたつの両立について考えるとき、つい往復するようなイメージを持っていた。けれど、違うかもしれない。そのふたつは、異なる通奏低音のように、いつでも同時に鳴りつづけているものなのではないか。わたしの内がわで起きていることと、外がわで起きていることとがある。音楽を聴くときにも、人とおしゃべりするときにも、なにかが渦巻く。うまく踊ってみたいと思っている。集団に巻き取られず、しかし孤立もせずに、うまく、いいことをおこなっていたいと思っている。八が終わるとまた一に戻る。音楽が終わるまでは歩く。鏡の向こうのわたしはいつ見ても不快、ちょうど他人のように不快だ。

乗る

二分後の電車へ走るとき
わたしの心臓も走る
盲腸もミトコンドリアも走る
ちゃぷちゃぷゆれながら胃袋も走る
きのう食べた鳥肉レタスとうもろこしが走る
けさ飲んだカルピスがその乳酸菌が走る
子どものころ読んだ絵本が走る
消えてゆけない痛みが走る
ゆけ　ゆけ　わたし
わたしをのせて

観察

「趣味は人間観察です」と言う人が少なくなった気がする。

ちょっと前まではよく聞かなかっただろうか。よくカフェに行って人間観察をしています。人といるとき、つい人間観察をしてしまうことが多いです。ぼく人間観察が好きなんですよね。知りあった人にそう言われることもめずらしくなかったし、SNSの通知からなにげなく開いた知らない人のプロフィールに「趣味：人間観察」と書いてあるのもよく見かけた。

しかしここ数年、それがめっきり減った。これはわたしの体感にすぎない、しかしかなり確かな体感がある。どうしてだろう。

単にフレーズとして飽きがきたのかもしれない。「趣味は人間観察です」と言うのは、「趣味はランニングです」と言うのとは少し毛色が違う。「人間観察」がほかの趣味と並んで語られることはあまりない。「趣味は人間観察です」とだけ言う人は大勢いても、「趣味は写真撮ったり、人間観察したりとか、あとは旅行ですね」みたいに言う人はあまりいないのだ。

同じ「趣味」という箱にさしあたって入れられていても、「人間観察」はランニングや読書やフラワーアレンジメントとは離れた場所にある。「趣味は人間観察です」というフレーズは、「趣味はランニングです」というよりもむしろ、こういう発言のほうに近い――「わたしの強みはリーダーシップです」。就職活動の例文でよく見かけたひとことだが、ひょっとするとこれもそろそろ流行《はや》らなくなっているかもしれない。「趣味は人間観察です」はこれに似ている。つまり、自分がなにを日ごろの楽しみにしているかを語る以上に、自分が人間関係の中でどのようにふるまっているか、またはどのようにふるまうことをよしとしているか、を語るフレーズである。

だからもしかしたら、まずそういう表明をすること自体が、もうあまりおもしろがられなくなってきたのかもしれない。就職活動その他のマッチングでおこなわれるやりとりのなんとも言えないうそっぽさもあいまって、自分のコミュニケーションや関係づくりについて語りづらくなったのではないか（余談だが最近はその役割を、インターネット上でできる無料の性格診断や占いが代わりに担っているような気がするが、それもわたしの体感にすぎない）。

だいたい、「強みはリーダーシップです」と言うやつに比べても、「趣味は人間観察です」と言うやつはどうも信用ならない。自分では輪に入っているつもりでも実際のところはわずかに輪を外れ、そのくせわかったような顔をして、ただ経験則的な主観に照らすだけで相手を分析した気になって喜んでいそうだ。趣味でおこなわれる「人間観察」の「観察」とはしかし多くの場合、他人をよく見るというよりはむしろ自分の持っている既存のフレームにあてはめ、雑多に解釈してしまっているにすぎない。そのごまかしがなんとなくばれはじめ、いい印象を持たれないことが増えて、自ら名乗りづらくなったのかもしれない。

ついでに言えば、「趣味は人間観察です」というフレーズそれ自体が自分をわざと輪の外に置き、他人と区別するようなはたらきを持っている。けれど、フレーズが流行したあとにはその「区別」は意味をなさなくなる。「まわりとちょっと違う趣味」であること自体が意味のうちに含まれていたものが「よくある趣味」になってしまう。それで「人間観察」が自然消滅していったことも大いにありえる。

あるいはまた、ほかの可能性もある。そのあたりの生存戦略を含んだコミュニケーションは脇に置いて、本題の「人間観察」というものが、もう興味を持たれなくなってきたのかもしれない。人びとが以前よりも他人への興味を失い、もしくは人びとの集合というものが他人に興味を持たせるほどの魅力を失って、「人間観察」がおもしろがられる土壌がなくなってしまったのかもしれない。

それはさびしい。さびしすぎる。ここまでさんざん言ってきたけれど、なんたってわたし、「人間観察」の二十年選手である。名乗ったことこそないけれど、人間観察が趣味であることにはまちがいない。なお、前述の「自分では輪に入っているつもりで……」以下は、そのまんまわたしの自省だ。うまくやっているような顔をして、本当はひどく浮いている。それでいて、自分だけが特別であるように思い込んで、本当はひどくありふれている……それが「人間観察」の根幹にある、卑屈な半笑いの態度である。

さびしいけれど確かに、わたし自身も「観察」の態度をあらためなければいけないと思うことは多々あった。少年のころなどはひどいもので、同じクラスの生徒たちがもしゾンビに襲われたら誰がどうふるまい、その結果局面がどう動くかという想像、若い日には誰もがするあの暗い想像を、わたしもまた楽しんだ。あるときは盗み聞きをし、あるときはまったく関わりのない仲良しグループの相関図を書きとり、あるときは彼らが相互に呼びあっているあだ名を表にした。やりたい放題の思春期だった。

けれどそれは、幸か不幸かわたしが多くのクラスメイトと親交を持っていなかったからできたことで、大学に入っておしゃべり相手ができはじめると、いくらか様相が変わった。生きていてものを言う相手というのは、かならずわたしの想像を外れる。いかに一度つぶさに「観察」したつもりだったことであっても、だいたいの場合は簡単に裏切られる。憎みあっているように見えたふたりがしかしいつまでもつきあいをやめなかったり、利発で気づかいにあふれていると思った人がしかし相手を選んでひどい態度をとったりするのを見るたび、わたしは自分の「観察」を修正する必要があった。わたしの「観察」はいつも不完全で、そして自分がつきあいを持つことを想定していない、一方的なものだった。そして思う。観察というのは、基本的に勝手で、失礼なことである。想像を外れるほどに、他人というのはわたしにとっておもしろかった、そのおもしろささえも含めて。

わたしがわざわざ「人間観察が趣味です」と公言しないのは、なによりその失礼さをおそれるためだ。観察をするとき、わたしはかならずなにかまちがえている。それに、相手を勝手に自分の価値基準の線上に載せ、外がわからあれこれ適当な言葉を与えている。見た目をこそこそ眺めるのも、自分が聞き手として想定されていないことに耳をすますのも、許可なくあれこれの記録をとるのも、決してほめられたことではない。

きっと、一番にはそれなのだ。「趣味は人間観察です」と答え、半笑いでプロフィールに書くことが流行った数年前に比べて、失礼さがよりおそれられるようになった気がする。人間の価値基準が複数あることが当たり前に知られ、他人を勝手に解釈したり意味づけしたりすることは下品なことと思われるようになって、よく浮くわたしのような者もずいぶん暮らしぶりがよくなった。そうして、「趣味は人間観察です」というそのひとことの含む印象もまた、ずいぶん変わった。せいぜい卑屈なアウトサイダー気取りを想像するくらいだったのが、もっとひどい、他者に対する敬意を欠いた、無知で暴力的な者が想像されるようになった。「人間観察」のすたれは、そんなふうに思われることをおそれる態度そのものなのかもしれない。確かにそれは怖い。そうなりたくないと思うし、そう思われるのは心外である。

さて、それにもかかわらず、一年近くにわたって言葉を「観察」してきた。そればかりか勝手な言葉を与え、毎回定義さえしてきた。失礼になるのはやっぱりおそろしく、なるべくフラットに、複数のできごとや用例の上を渡るようにして書くように心がけてきたつもりでも、わたしという眼、観察するわたしというこの窮屈な入れものを抜けだすことは、どうしてもむずかしい。わたしを含まない、純粋な言葉そのもののほうに向かっていきたいのに、どうやってもわたしが混ざってしまう。一番はじめに「友だち」の定義に重ねて、自分のおこなう「定義」というものがせいぜい呼びかけの域を出ないことを釈明したつもりだったけれど、そのあとにはなにを思ったか「友だち」の定義のほうを訂正してしまった。自分の向こう見ずさが憎たらしい。

思えば他人との関わりのことばかり書いてきた。友だちのことにしてもそう、愛の周辺をめぐったあれこれにしてもそう、関係ないような顔をした寝ることや飲むことにしても結局は他人のことを考えた。理由はすぐにわかる。わたしが言葉に足をとられてつまずくのは、いつも他人の前に立たされたときだからだ。

ある言葉があって、同じ言葉を使う他人がいる。しかし、お互いにほかの文脈を持っていて、ほかの意味を考えている。だから会話が食いちがい、ときに関係がうまくいかなくなるのだ。定義をしながら、そしてその不完全さを思いながら、いつも感じてきたことがある。言葉がわたしの中である意味をむすぶとき、そこにはわたしの記憶や、経験や、痛みや喜びの手ざわりが、どうしようもなくまとわりつく。そしてきっと、他人の使う言葉には、彼らの記憶や、経験や、手ざわりが、同じようにまとわりついている。一方ではそういうものを排した純粋な言葉というものに心惹かれていながらもう一方では、そういうものがなくなってしまったなら、それは果たして言葉だろうか、と思う。わたしたちが食いちがう言葉で語るとき本当に交換したいのは、言葉にまとわりついた、そういう形のないものなのではなかろうか。

だから言葉を観察することとは、結局他人や、わたし自身や、そのあいだにある関係を観察することだった。「定義」は言葉そのもののほうへは近寄っていけなかった。むしろ、書けば書くほど言葉というものから離れていくようだった。いまは人中にまみれて、その遠さをまぶしく見ることしかできない。やっぱりどこまでもわたしの勝手で、失礼で、独りよがりなことだったと思う。言葉に対しても、人に対してもそうだ。なにかわかったような顔をしていても、いつも不完全だった。

けれど、ではどうしようか、と思うと、やっぱり観察からはじめるしかないような気がするのだ。誤解をおそれずに言うけれど、わたしたちはもっと大胆に失礼になるべきなのだ、と思うことがある。より正確に言うと、「失礼にならないようにする」以外に、もっと重要なことがある、と思うことがある。他人に対して敬意を払わないといけない、ということには疑う余地がないとしても、それは果たして意味づけや解釈で、コミュニケーションや関係づくりで、まちがいを起こさないことだけを意味するのだろうか。

そしてはじめにあるのは素朴なこころ、それはなんというか、さびしいじゃないか。ある言葉があって、同じ言葉を使う他人がいる。しかし、お互いにほかの文脈を持っていて、ほかの意味を考えている。だからはじめに会ったときには、まずは観察をするほかないのだ。観察だけが、自分と自分でないものとを、はじめてつなげる。そうして予想を裏切られるたび、くりかえし訂正していくしかないのではないか。結局のところ、観察は個人的でしかありえない。けれどももっとも個人的なものこそが、もっともたやすく訂正を受け容れ、重ねていくことができるのだ。

観察：自分の個人的な見方を通じて、ある対象を認識しなおすこと。

さて、さっそく、というわけではないけれど、ひとつ訂正しなくてはいけない。「趣味は人間観察です」と言う人が減ったと書いた。そういう実感があったのは事実である。ところが、そう書くために一度インターネットで検索してみたら、出るわ出るわ、現役で「趣味は人間観察」の人たち。おそらくわたしよりも若い、わたしとはべつのSNSを使っている人たちが、あちこちで「人間観察」について発信しているのだった。これはうれしかった。わたしと同世代の人たちがみんなそう言うのをやめてしまっただけで、もっと下には新しく、卑屈で半笑いの、独りよがりで失礼な若者たちが、きちんと育っていたのである。そうなってみれば、確かに、そうだよね、と思う。そうだよね、そうでなくては。だって、観察って最高におもしろくて、しないと生きていかれないもんね。

あとがき

本書でふれた通り、「ことぱ舎」という名前の国語の教室を開いて数年になります。すると当然、というべきか、言葉の意味を聞かれて答えることが日常になります。「居直る」ってどういう意味ですか。「温故知新《おんこちしん》」ってどういう意味ですか。どんな簡単な言葉でも、いざ聞かれると一瞬ためらうことがあります。反対に、覚えてもらった熟語の意味をテストすることもあります。「含蓄《がんちく》」ってどういう意味か言えますか、「排斥《はいせき》」ってどういう意味でしたか。当たり前にわかっていると思っている単語でも、テキストに載っている説明をあらためて読むのはおもしろいものです。

教室で子どもに意味を答えてもらうときには、こんなふうにお願いします。「五歳の子に『〝おんこちしん〟ってなに?』と聞かれたら、なんて説明する?」

定義をするときにも、どこかそういう気分がありました。聞かれて答えるという気軽さと、しかしここにいるこの自分がいま答えないといけないという重たさ、その両方をひしひしと身に感じながら書いた本でした。

ふたたびお誘いします。ぜひ、定義をしてみてください。侮りってなに？　ときめきってなに？　五歳のころの自分がたずねてきたら、なんと答えますか。

おしまいにもうひとつ。この本を作るとき、ひとつの単語ごとに同じ題名の詩をつけくわえることにしました。読んでくださった方へのおまけのようなもの、というのと、もうひとつ理由があります。

書くことはわたしにとって考えるための手段です。書きはじめるときには、つねにわからないところからスタートしています。どんなゴールへ至るかは書いてみないとわかりません。書きながら、書く手を通して、一歩一歩考えているのです。そして、散文を書くときと詩を書くときには、まったく異なる道を通る必要がありま す。この本に詩というおまけをつけたのは、わたし自身が言葉について考えるにあたり、そのふたつの道を試したくなったからです。

これを読んでくださった方に、自分でも歩き出してみようかな、と思ってもらえたのなら、こんなにうれしいことはありません。


さあ、準備はできましたか。

観察

立って丘を見ることは
丘になることを招かず
ただつぎの見ることを招くしかしない

見ることのあとには
いつでも見ることがつづく

しかしなおも進む
蜜のように速い時間があって

ついに草ぐさの一本の
その先端へ わたしがたどり着くとき
さらには草どうしたがいに引きあうからまりや

ひらめきに似た地底の広さがわたしを撲つとき
しかしそのあとにもなお
かならず見ることが招かれる
目をつむれば
つむった目にも見ることが訪れ
人に向かえば
人どうしのたがいに引きあい
ついに人びとの切望の
その先端がわたしへやって来るとき
そこへわたしの落とした影のかかることを
見られるか
いかに見られるかと手招きする。

向坂くじら　さきさか・くじら

1994年、愛知県名古屋市生まれ。2016年、Gt.クマガイユウヤとのポエトリーリーディング×エレキギターユニット「Anti-Trench」を結成、ライブを中心に活動をおこなう。主な著書に詩集『とても小さな理解のための』、エッセイ『夫婦間における愛の適温』『犬ではないと言われた犬』(百万年書房)など。2024年、初小説『いなくなくならなくならないで』(河出書房新社)が第171回芥川龍之介賞候補となる。執筆活動に加え、小学生から高校生までを対象とした私塾「国語教室ことぱ舎」の運営をおこなう。

ことぱの観察

2024年12月25日　第1刷発行

著者　向坂くじら ©2024 Sakisaka Kujira

発行者　江口貴之

発行所　NHK出版

〒150-0042　東京都渋谷区宇田川町10-3

電話　0570-009-321(お問い合わせ)　0570-000-321(ご注文)

ホームページ　https://www.nhk-book.co.jp

印刷　啓文堂、大熊整美堂

製本　藤田製本

JASRAC　出　2408474-401

Printed in Japan　ISBN978-4-14-005754-4　C0095